中国文学名家小小说精选丛书

我在紫薇树下等你

陈华清　著

江西高校出版社
JIANGXI UNIVERSITIES AND COLLEGES PRESS

南　昌

图书在版编目（CIP）数据

我在紫薇树下等你 / 陈华清著 . -- 南昌：江西高
校出版社，2025.6. --（中国文学名家小小说精选丛书
）. -- ISBN 978-7-5762-5678-9

Ⅰ . I247.82

中国国家版本馆 CIP 数据核字第 2024ZV3309 号

责 任 编 辑　周惠群
装 帧 设 计　夏梓郡

出 版 发 行　江西高校出版社
社　　　　址　江西省南昌市新建区工业二路 508 号
邮 政 编 码　330100
总编室电话　0791-88504319
销 售 电 话　0791-88505090
网　　　　址　www.juacp.com
印　　　　刷　鸿鹄（唐山）印务有限公司
经　　　　销　全国新华书店
开　　　　本　650 mm×920 mm　1/16
印　　　　张　13
字　　　　数　160 千字
版　　　　次　2025 年 6 月第 1 版
印　　　　次　2025 年 6 月第 1 次印刷
书　　　　号　ISBN 978-7-5762-5678-9
定　　　　价　58.00 元

赣版权登字 -07-2024-907

人性光辉与文学魅力的交融

韩夏明

我与作家陈华清自少年时便相识，对其为人与为文皆了解。多年来，她沉醉于文学领域，在文学创作、文学评论、文学教学等方面皆有涉猎。她既创作成人文学，又耕耘儿童文学，且在这两大领域皆成绩斐然，此般成就于国内实属罕见，充分彰显出她的才情与努力。迄今为止，她已出版长篇小说、小小说、散文集、童话集、儿童文学等二十余部作品。然而，因其为人低调，其知名度与才华、成绩并不相称。但她毫不气馁，依旧默默坚持创作，将"做好自己，一切自有安排"奉为座右铭。

近日，陈华清即将出版小小说集，嘱我为其作序。她的名气远大于我，我深感诚惶诚恐，劝她邀请名家写序。她却言我熟悉她的作品，由我写序最为合适。确实如此，她的每一本书我都曾拜读，亦为其作品撰写过多次书评。于是，我不再顾虑自己的才疏学浅，为这部小小说集撰写序言。

陈华清的小小说以其深刻的思想，展现了人性的光辉与生活的百态。在这些故事中，我们看到了爱情的坚贞、善良的力量、勇气的绽放以及对生活的热爱与执着等。人性的复杂与美好、生活的酸甜苦辣都被一一展现。

一、情感的斑斓长河：爱情、友情、亲情、家国情的深情流淌

爱情：岁月中的坚守与奉献

陈华清笔下的爱情，有着岁月镌刻的忠贞与遗憾。

《梅花香帕》犹如一首悠扬的爱情长诗，在历史的长河中低吟浅唱。王爷爷和吕梅的爱情在战火纷飞的年代生根发芽，受伤康复后的王爷爷为国又奔赴前线，临别时吕梅把带有自己青丝的梅花香帕赠予他，这一信物成为他们爱情的象征，承载着无尽的思念与期待。可是，命运捉弄人，战后王爷爷寻找吕梅无果，"英俊的王爷爷为了一个诺言终身不娶。这么多年，伴随他度过漫漫长夜的，是她的青丝和梅花香帕"。这种对爱情的坚守令人动容，它超越了时间和空间的限制，展现了爱情最纯粹的模样。

而周想的出现更是为这个爱情故事增添了一抹复杂的色彩。当周想带来找到吕梅的消息时，我们仿佛看到了希望的曙光。两位老人在病房中的重逢场景令人潸然泪下。"颤抖的双手握在一起。老奶奶光是哭，一句话都说不出。王爷爷也哭，想说什么，可发出的声音，只是'啊啊'。"这一描写细腻地刻画了老人重逢时复杂而激动的情感。但故事并未就此简单结束，周想后来承认的欺骗让我们震惊："奶奶不是吕梅，我欺骗了你们，对不起！"这一反转情节不仅没有破坏故事中的爱情主题，反而更加深刻地体现了人性中的善良。周想的初衷是为了让两位老人带着欣慰离开人间，这种善意的谎言背后是对老人深沉的关爱，是人性的光辉在复杂情境下的闪耀。

友情：矛盾与温暖的交织

《安然的转机》为我们呈现了一段充满波折的友情故事。安然在生活的困境中挣扎，丈夫去世，公司倒闭，独自带着儿子的她在文学创作的道路上艰难前行。林强的出现最初像是一道曙光，他主动帮助安然推荐稿子。林强的热心帮助体现了友情中的真诚与支持。安然发现自己收到稿费却很少收到样刊，向刊物核实后发现自己的文章并未被刊登，这一疑惑让她对林强的行为产生了怀疑，打电话问他。"他吞吞吐吐：'有稿费收就行了呗，样刊要不要无所谓啦。'"林强的反常加深了悬念，使读者也随着安然一起陷入了疑惑之中。

当真相最终揭开时，我们才发现这背后是林强和他的好友钱先生一种特殊的帮助方式。他们害怕安然不接受直接的资助，所以采用了这种看似欺骗的手段。安然在得知真相后，既有对他们善意的感动，又有对这种帮助方式的难以接受。小说生动地展现了友情中的矛盾与磨合。这一情节的反转，从疑惑到震惊再到理解，让我们看到了友情在现实生活中的真实面貌，它不是一帆风顺的，而是充满了误解与包容。

亲情：深沉的爱与默默的付出

《母亲的心思》把亲情刻画得入木三分。邓娜娜离婚后很无助、迷茫。母亲想尽办法让女儿住在娘家。患糖尿病的母亲将吃药改为注射胰岛素，并且只让邓娜娜为自己打针。对此，邓娜娜还有些怨言。直到母亲去世后，父亲交给邓娜娜一本存折并说出真相。原来，嫂子反对娜娜住在娘家。为了让女儿有理由住娘家，最怕打针的母亲用收伙食费和让娜娜打针的方式来堵住嫂子的嘴。这一情节的揭示，让我们深刻感受到了母爱的无私与伟大。母亲生前的默默付出，在这一刻如同一束光照亮了整个故事，也深深震撼了读者的心灵。

家国情：正能量的传递

陈华清笔下的故事不仅仅是关于个人情感的表达，还反映了许多社会现象，而且并没有停留在对这些社会问题的揭示上，而是通过故事中的人物传递出积极向上的力量。

在《万家灯火时》里，家国情怀有着深刻的体现。战士张强坚守边防哨卡，放弃探亲机会，他的背后是家庭的默默支持。秀独自承担家中的艰难，报喜不报忧，她理解丈夫的使命，这份对丈夫保家卫国的支持彰显出家庭对国家的奉献。

村里人的互帮互助则体现出一种集体的力量，他们照顾秀一家，是对张强卫国的敬重与回报。而张强模拟热闹场景安慰家人，他深知忠孝难两全，虽对家人满怀思念与愧疚，但依然坚定地守卫边防。在这团圆的除夕夜，战士们巡逻在边境，那忠诚与担当的脚印背后，是对万家灯火的守护。家是国的细胞，国是家的依靠，个体的奉献、家庭的支持、集体的温暖，共同编织出浓厚的家国情怀。

这种家国情怀和人与人之间的互助精神，是社会正能量的有力体现，它让我们看到在生活的艰难背后，总有一些美好的力量在支撑着人们前行。

二、情节与语言的艺术舞蹈：反转的惊艳与文字的韵味

情节的反转：叙事的奇幻舞步

陈华清在小小说的情节设置上展现出极高的技巧，善于运用

反转和曲折等技巧，增加故事的戏剧性和深度，并吸引读者的阅读兴趣。

如《一个男人的秘密》一开始就设置了强烈的悬念。地震发生时，许信不顾危险返回已经倒塌一半的家中，最终不幸丧生，他手中紧紧抱着的一捆钱让读者对他产生了误解。"一个月的收入有四千元左右。他不抽烟不喝酒，没有其他不良嗜好，可不知为何，却常常捉襟见肘。家里的费用，基本上都是妻子出。妻子不止一次地问他钱都去哪里了？他老是不肯说。她曾经怀疑他外面有女人，还悄悄跟踪过他。两人为此没少吵架。"这一系列的描写为读者的误解埋下了伏笔，使读者自然而然地认为许信可能是一个贪婪、自私的人。

接下来的情节发展、反转，如同舞者的华丽转身。许信的同事上门讨债，漂亮的蔡姑娘出现并讲述了背后的真相。原来许信一直在资助蔡氏姐弟，他的钱都用在帮助他人。这一反转不仅改变了读者对许信的看法，还深刻感受到了人性的复杂与善良。

这种先抑后扬的情节设置，就像舞蹈中的起伏节奏，让读者的情感在疑惑与敬佩之间剧烈跳动，经历了从误解到敬佩的巨大转变，深刻地理解小说的主题。

同样，《梅花香帕》中的反转也令人惊叹不已。周想带来的"重逢"让我们沉浸在爱情圆满的喜悦中，可他最后的坦白却将我们从美梦中唤醒。这一反转就像舞蹈中的急刹车，让我们在惯性中重新审视故事，对周想的行为产生了新的思考。

语言的魅力：文字的抒情舞步

陈华清的语言如优美的舞步，简洁而富有表现力，精准地传达出人物的情感和故事的氛围。

在刻画人物形象时，她的文字就像画家的画笔，几笔就能勾勒出鲜明的人物轮廓。人物形象鲜明生动，具有独特的个性和魅力。《我在紫薇树下等你》讲述了一个跨越战争与生死的爱情故事。紫薇姑娘与云表哥在紫薇花盛开的季节相遇，他们的爱情如紫薇花般纯洁而美丽。紫薇的羞涩与勇敢、云表哥的深情与担当、张威的善良与奉献，都给读者留下了深刻的印象。小说通过对人物的语言、动作、心理等方面的细致描写，让人物形象跃然纸上。例如，紫薇与云表哥初次见面时，"我羞涩地叫一声'云表哥'就跑开了。我感觉云表哥的目光总是停留在我身上"。写出了"我"（紫薇）的羞涩和云表哥的深情。"他不忍心告诉我云表哥已牺牲这个残酷的事实，就跟我父亲商量，将错就错，让他照顾我一辈子。因为他也喜欢上我。"则写出张威对紫薇的守护，他的善良与担当。

在描绘环境方面，她的语言如同诗人的笔触，营造出强烈的情感氛围。《迎接新生》中的描写便是如此。"大年三十的夜晚，风雪像发了狂的猛兽，在天地间肆意呼啸，寒冷似锐利的冰刃，无情地切割着世间万物。这晚，本不是王晓梅值班，同事提出换班，她欣然同意。除夕夜，千家万户灯火通明，亲人围坐，欢声笑语和着美酒佳肴，温馨满溢。但这样的温馨对于晓梅，只是遥远的记忆，她已记不清多少个除夕夜，是在医院惨白的灯光下，静候新年的第一缕阳光。"这样的环境描写，一是以风雪与家庭温馨对比，凸显王晓梅坚守岗位的奉献精神；二是渲染孤寂清冷氛围，强调迎接新生的艰难与神圣，为故事奠定凝重且充满希望的基调。

在对话描写上，小说语言富有生活气息，能准确地反映出人物的性格。

在《母亲的心思》中，嫂子的泼辣与邓娜娜的无奈通过她们之间的对话表现得淋漓尽致："院子里，一只大黄狗正东翻西找，看见大花猫路过，猛地就追了上去。嫂子瞧见了，立马骂了起来：'你这只不识好歹的癫皮狗，侍候你一家老小，还在这里不知天高地厚。看我不打死你！'说着，便拿起一根棍子追打大黄狗。嫂子是个厉害人，对邓娜娜搬回娘家住这件事极为不满。软弱的母亲为了这事，不知和嫂子争吵过多少回。"这些对话简单却生动，将家庭中的矛盾刻画得入木三分。嫂子的话语生动地表现出她的泼辣和对邓娜娜的不满，而邓娜娜在与嫂子的争吵中的回应也体现出她的无奈与不甘。

三、独特的文学价值：深度与广度的结合

在文学价值上，陈华清的小小说具有深度与广度，就像一面多维的镜子，映射出人性的复杂多样和社会的丰富画卷。

从深度而言，她深入挖掘人性的各个角落，展现出人性在不同境遇下的挣扎、成长与救赎。在《青春的梦魇》中，包伟强的故事是人性创伤与自我修复的深刻写照。曾经的抗洪英雄，在一次意外的创伤后，陷入了心灵的泥沼。他在爱情中的失败，是内心梦魇的外在表现。那被洪水淹没的姑娘的身影，如同诅咒一般，让他在黑暗中独自挣扎。通过这些深入到他的内心深处，让读者看到人性在创伤面前的脆弱与无助。然而，他在家人和心理医生的帮助下逐渐走出阴影的过程，又让我们看到了人性中的坚韧与希望。他重新走向海边，那曾经的痛苦之地如今成为他走向新生的起点。他参加志愿者活动，用帮助他人来治愈自己的心灵创伤，这一转变是人性自我救赎的美好展现。

从广度来看，她的作品涵盖了广泛的社会生活内容。《安然的转机》反映了单身母亲在社会中的艰难处境，她们面临着经济压力、社会歧视以及独自抚养孩子的重重困难。安然的故事是这一群体的缩影，她在困境中对友情的态度，也反映了社会中人与人之间复杂的关系。《万家灯火时》则从家国情怀的角度展现了社会的多元层面。边防战士强的坚守，体现了军人对国家的忠诚和奉献。他的家人的默默支持，妻子的独自承担，村民的互帮互助，这些都反映了家庭与国家之间的紧密联系，以及社会的正能量。

陈华清的小小说集是一座文学宝库。她以细腻的情感描写、巧妙的情节设置、精准的语言表达以及深刻的思想内涵，构建了一个充满人性光辉与社会百态的文学世界。这些故事不仅仅是文字的组合，更是生活的切片，是情感的凝聚，是对人性和社会的深度思考。当我们沉浸在这些故事中时，仿佛在与一个个鲜活的灵魂对话，感受着他们的喜怒哀乐，也从中汲取着生活的智慧和力量。

陈华清的小小说集也是一场心灵的盛宴，值得反复品味。我们不妨走进这个奇妙的世界，感受文学的魅力，领略人性的光辉。

CONTENTS
目　录

我在紫薇树下等你

第一辑

心灵叩击

◀ 梅花香帕

我是临终关怀志愿者。我们的工作就是给绝症患者临终的关怀，提供帮助，让他们温暖地走完人生的最后一程。

王爷爷今年八十六岁了，肺癌晚期，我每天下午都到医院照顾他。医生说："他的癌细胞已扩散到胸膜、肝部、骨头，生命已进入倒计时，你看他有什么未了心愿，尽量帮他完成吧！"

"小梅，你在哪里？"王爷爷时而昏迷，时而清醒，一清醒过来就说这句话。

"王爷爷，小梅是谁啊？孙女吗？"我问。

王爷爷说不是。尔后，他断断续续地讲述，给我还原了一个长达半个多世纪的凄美爱情故事。

"轰隆隆"，日寇雨点般的炮弹几乎将我方阵地夷为平地。全连除了王爷爷，其余的战友都牺牲了。经过几天几夜的抢救，王爷爷从鬼门关里闯过来。因伤势过重，他被转移到后方医院。护理他的护士叫吕梅。那时，她不到二十岁，漂亮、温柔。他比她年长三岁，也未婚。在吕梅的精心照料下，他的伤好了，他们的爱情之花也开了。

康复后，王爷爷又要回前线。临走前一晚，两人难舍难分。吕梅用绣有梅花的贴身香帕，包好她剪下的一缕青丝，送给他。他说等战争结束了，就回来娶她！

"我等你！"两人紧紧相拥。

抗战胜利后，王爷爷迫不及待地回到医院找吕梅。医院的人说，他走的第二年，吕梅申请到前方医院去了。

王爷爷到处找她，也去过吕梅的家乡，都杳无音信。他继续寻找，只要有一点跟吕梅有关的消息，他都不放弃。他坚信，她一定活着等他回来结婚！

英俊的王爷爷为了一个诺言终身不娶。这么多年，伴随他度过漫漫长夜的，是她的青丝和梅花香帕。

听完他的故事，我泪流满面。

"见不到小梅，我死不瞑目啊！"王爷爷睁着半失明的眼睛，气若游丝。

我要完成王爷爷的心愿，帮他找到小梅，哪怕是她已不在人世的消息也好。

我通过报纸、网络等途径，发出寻找吕梅的消息，也留下我的联系方式。许多人为这对老人的爱情故事感动了，纷纷加入寻找的队伍，给我提供信息。可惜，都不是王爷爷要找的吕梅。

王爷爷原本消瘦的面部开始浮肿，医生说癌细胞扩散到头部了。他疼痛得整天整夜睡不着，吞咽困难吃不下东西，气促，声音嘶哑。

"准备后事吧。"医生摇摇头。难道让王爷爷带着遗憾离开人间？不！

就在这时，一个叫周想的男子给我发来电子邮件，说他找到吕梅了。我欣喜若狂，马上给他回邮件，说事不宜迟，马上安排他们见面。信的末尾附上吕梅香帕的图片。

我把这个好消息告诉王爷爷，昏迷中的他居然马上睁开眼睛："是真的吗？我还能见到我的小梅！"他张着漏风的嘴喃喃自语，还叫我们给他东西吃。

见面地点就安排在王爷爷的病房，他已经走不动了。

周想推着一个白发苍苍的老奶奶进来了，她坐在轮椅上。我扶王爷爷坐起来。他摸出梅花香帕，用尽全身力气说："小梅……终于等到你了！"泪水从他深陷的眼眶喷涌而出。

两位老人颤抖的双手握在一起。老奶奶光是哭，一句话都说不出。王爷爷也哭，想说什么，可发出的声音，只是"啊啊"。

我和周想站在一旁也是泪眼汪汪，他拍拍我的肩膀，递给我纸巾。

老奶奶离开的当晚，王爷爷走了，很安详。

料理完王爷爷的后事，我致电周想，告诉他，我想去探望吕奶奶。我还有一个私心，就是想见见周想。

周想吞吞吐吐，半天才说："不用了。"

"为什么？"我不解。

"奶奶也刚走，也很安详。"

"愿他们在天堂再也不分离！周想，再次感谢你帮王爷爷找到吕梅，完成老人的临终心愿。你是个好人，好人会有好报的！"

周想沉默了片刻说："小清，奶奶不是吕梅，我欺骗了你们，对不起！"我听了气愤不已："你怎能欺骗老人的感情？太无耻了！"我对他的好感变成恶心。

周想又多次打我手机，我一看是他的号码，马上挂掉。

我收到一个电子邮件，告诉我一个故事：

1942年的秋天，一个叫芳的姑娘准备当新娘，新郎是她留学法国的同学李群。迎亲的队伍走到半路，正遇上日本鬼子，双方打起来。新郎被抓走了。芳一直寻找他，都找不到。后来，父母以死相逼，芳只好另外嫁人。芳是苦命人，丈夫和儿子、儿媳在一场车祸中死了。此后，她没有再嫁，把幼小的孙子拉扯大。芳有一个心愿，就是找到下落不明的李群。她的孙子帮她找到了，可还不及见面李群就死了。芳是癌症患者，孙子一直不敢告诉她真相。

邮件是周想写的，里面有吕梅香帕的图片。

"小清，我只想圆两位老人的梦，没有别的恶意。作为临终关怀志愿者，我们能帮到他们的，就是让他们带着欣慰离开人间。你是一个善良、有爱心的姑娘，我们见一面，好吗？"

我含泪回复了周想的邮件。

◀ 安然的转机

文友林强告诉安然，她的长篇小说有出版社看中了！

"你尽管写，其他的不用担心。"林强又像往常那样鼓励她。

安然又惊又喜，两个月前才把这部小说交给林强，这么快就通过了，而且出版社还会预支稿酬，这简直像做梦一样。

安然抱起五岁的儿子，兴奋地说："儿子，我们很快能有自己的房子了，你也能上好点的幼儿园了！"可她的目光扫到丈夫的遗像时，喜悦的神情瞬间被哀伤取代，泪水不由自主地流了下来。

四年前，丈夫为救溺水男孩丧生。男孩的父母凑了五千元给她，安然知道他们家很穷，就不收他们的钱。祸不单行，不久后她所在的公司倒闭。在这陌生的城市，她独自带着儿子，找工作就没法照顾儿子，照顾儿子就没法工作。

安然想到自己一直喜欢写作，16 岁就在报刊发表文学作品。大学毕业参加工作，才把写作放下了。于是，她决定重拾笔写作。可得到的稿费只是杯水车薪，而且投出去的稿子好多是石沉大海。她常常陷入经济困境，但始终没有放弃写作。

丈夫去世时，安然才二十六岁，年轻漂亮的她不乏追求者。有个身家过亿的老板对她说："做我的情人，你和儿子能过上无忧无虑的生活。"安然果断摇头。他叫她写他的公司宣传材料，居高临下地扔过一张支票，让她添数字。安然头也不回地走了。

在一次文学活动中，安然认识了某杂志的编辑林强。她的故事，林强早已有所闻。他主动加她的微信，并提出帮安然推荐稿子。

看过她的稿子后，他说："你的文章很有深度，但要根据不同刊物的风格做些调整。"他给安然介绍各种刊物的喜好，比如哪些文学杂志偏爱现实题材的作品，语言风格要求简洁有力；哪些杂志则对情感细腻的故事感兴趣，文字要富有感染力。安然听后，按照林强的建议对自己的稿子进行修改。

不久，安然隔三岔五看到有稿费打入她的银行账户，而且稿酬比以前高很多。

但安然很少收到样刊。她按汇款上留言写的杂志名，查该杂志编辑部的电话，打过去讨要样刊。

"我们杂志没登过你的文章啊！"对方肯定地说。安然连着打了几家高稿酬杂志的电话，得到的都是同样的答复。

安然觉得事有蹊跷，打电话问林强。

他吞吞吐吐："有稿费收就行了呗，样刊要不要无所谓啦。"

她心想：林强到底在隐瞒什么？难道这背后有什么不可告人

的秘密？可他一直都很热心地帮我，不像是会害我的人。但这件事太奇怪了，那些稿费到底是怎么来的？如果不去追究，我就像个被蒙在鼓里的傻瓜，可要是追究下去，会不会破坏我们之间的友谊？但是，我不能要这些来路不明的钱。

她语气坚定地说："林强，你不告诉我真相，我以后都不给你稿子了，我还会给报刊打电话落实，把稿费退回去！"

林强沉吟片刻说："好吧，你明天下午到雅仪茗茶馆。"

第二天下午，安然来到雅仪茗茶馆。茶馆里古色古香的桌椅摆放得错落有致，墙上的水墨画透着淡雅，茶香与花香混合的气息弥漫在空气中。

一个中年男子已在茶馆等候，一见到安然，马上很恭敬地起身。林强介绍："安然，他是我好友钱先生。"钱生生说："安作家，幸会！我是您的忠实读者。"

双方落座，钱先生很绅士地给安然倒茶，说自己年轻时也是文学青年，后来下海经商。事业失败时读了安然的文章，被她的善良、乐观和不屈不挠的精神鼓舞，才东山再起。

林强接话："钱先生知道你处境不好，想帮你又怕你不接受。是我提议用这种方式，那些稿费也是我寄出的，你不要怪他。"

安然内心一阵波动，心想：原来他们是想帮我，可这种方式也太让人难以接受了，这算不算是一种欺骗？虽然我知道他们是好心，可我也有自己的原则。她感动又难过地说："感谢钱先生的欣赏。能给读者正能量是作家的责任，但不需要用金钱答谢，请不要这样帮我！"

钱先生真诚地说:"您在《心存善意,必遇天使》中说积善就是积聚快乐。帮助别人,也快乐自己,是双赢。我把这篇文章抄下来贴墙上提醒自己。现在钱对我来说只是数字,我的钱能帮到别人,我收获从未有过的快乐,是您帮了我,感恩!"

安然哽咽了,有些有钱人只想占她的便宜,而钱先生却如此不同。她说:"钱先生的话很有道理,可我还是不能接受这种帮助方式。我要靠自己的努力获得回报。"

林强忙说:"安然,你放心,他是真有钱,几辈子都花不完。"

安然说:"他是贵族!我也想成为贵族,用自己的笔书写温暖,像他传递善意一样。"

钱先生笑了:"谢谢安作家的夸奖。您的小说确实有潜力。我在出版界的朋友看了也觉得不错,所以才愿意出版。"林强接话:"安然,相信自己,这不是施舍,是您的作品应得的。继续写出好作品,加油!"

安然惊喜、感动,十分诚恳地说:"感谢!感恩!我会继续努力,不辜负这世间的美好!"

◀ 母亲的心思

邓娜娜离婚后，顿感前路茫茫。母亲心疼她，说家里正好有一层楼空着，让她搬回娘家住。邓娜娜其实并不太愿意，可自己没钱买房子，无奈之下也只好带着女儿小莲投奔娘家。

院子里，一只大黄狗正东翻西找，看见大花猫路过，猛地就追了上去。嫂子瞧见了，立马骂了起来："你这只不识好歹的癞皮狗，侍候你一家老小，还在这里不知天高地厚。看我不打死你！"说着，便拿起一根棍子追打大黄狗。嫂子是个厉害人，对邓娜娜搬回娘家住这件事极为不满。软弱的母亲为了这事，不知和嫂子争吵过多少回。

母亲很早就患上了糖尿病，每日都需服药。这天，母亲突然说以后不吃药了，改为注射胰岛素，还叫邓娜娜帮她注射。邓娜娜赶忙去医院跟护士认真学会了打针，自此以后，每天在母亲吃饭前半个小时，邓娜娜就会准时为母亲注射胰岛素。每次注射时，母亲都会情不自禁地闭上眼睛。

"妈，是不是很疼？"邓娜娜关切地问。

"不疼！"母亲轻声回答。

"其他人也可以帮你打啊。"邓娜娜还是有些犹豫。

"他们打针疼，我不喜欢。"母亲坚持着。

有一天，邓娜娜下班回家，刚走进院子，就听到嫂子在屋里大声嚷嚷。

"这家里都快成收容所了，什么人都往家里带。"嫂子的声音尖锐刺耳。原来，是小莲带邻居家的几个孩子来家玩。

邓娜娜知道嫂子又在指桑骂槐，心中顿时涌起一股怒火，毫不示弱地回应道："我住在这里怎么了？我又不是白吃白住，我每个月都交伙食费，还照顾妈。"

"哼，你照顾妈？谁知道你安得什么心。"嫂子冷笑道。

这时，母亲从房间里走出来，满脸无奈："你们别吵了，都是一家人，有什么好吵的。"

"妈，你就别管了，她就是看我不顺眼。"邓娜娜气呼呼地说。

"你以为我想管？要不是你赖在娘家不走，我才懒得理你。"嫂子毫不退让。

母亲夹在两人中间，左右为难。她看看邓娜娜，又看看嫂子，不知道该说什么好。最后，母亲叹了口气，默默地回到了自己的房间。

"妈，我在家白吃白住，是个没用的人，我还是搬出去住算了，免得嫂子有意见。"邓娜娜满心无奈。

"你每个月交伙食费，怎么算白吃？你每天三餐帮我打针，怎能说没用？"母亲连忙说道。

邓娜娜想想也对，自己每个月交伙食费，又充当护士照顾母亲，在家确实起着很重要的作用。时间久了，她甚至觉得有些委屈，为了能按时给母亲打针，她哪儿都不敢去，单位组织的旅游她都放弃了。以后，嫂子再找茬，她便理直气壮地跟她吵。

那年的冬天格外寒冷，母亲因糖尿病并发症走了。父亲交给邓娜娜一个存折，缓缓说道："你嫂子反对你住在娘家，你妈为了这事没少受她的气。她夹在你们之间左右为难。你妈收你伙食费，是为了堵你嫂子的口。你的伙食费，你妈都存起来了。临终前，她交代这个存折给你。"

"妈妈！"邓娜娜心里猛地一颤。

"你妈改为注射胰岛素其实是让你留在娘家找个理由啊，她最怕打针了。"父亲的声音有些颤抖。

"妈妈啊！"邓娜娜失声痛哭。她曾为自己为母亲的付出感到委屈，却没想到母亲为了让自己能留在娘家付出更多。

◀一个男人的秘密

　　许信一家沉浸在深夜的梦乡中，四周静谧得只剩下均匀的呼吸声。突然，床开始剧烈晃动，许信从睡梦中惊醒，紧接着大地像是发了狂一般剧烈颤抖起来，仿佛一只沉睡的巨兽被猛然惊醒，发出愤怒的咆哮。房屋像是被无形的巨手肆意摇晃，墙壁上瞬间绽出一道道狰狞的裂痕，天花板上的灰尘如细密的雪霰簌簌落下，呛得人睁不开眼，呼吸都变得困难起来。

　　"快跑！"许信惊慌失措地推醒妻子。他一把抱起还处于迷糊状态的女儿，脚步踉跄地往门外冲。

　　外面的世界已经一片混乱，人们的呼喊声、哭叫声交织在一起。许信一家子刚迈出门口，大地便再次剧烈摇晃起来，伴随着一阵沉闷的轰鸣声，又一批房屋轰然倒塌，掀起一片尘土。

　　"幸好我们跑得快！"妻子双腿一软，跪在地上，双手颤抖着合十，满脸都是劫后余生的庆幸，不住地谢天谢地。

　　"我回家拿点东西。"许信把女儿交给妻子，转身就往那倒塌了一半的家跑去。

"阿信，回来，危险啊！"妻子想拉住许信的手，他却拼命推开她的手。

"放心，我会活着出来！"许信说。

"轰！"房屋全部倒塌了。

"阿信！"妻子惊恐地瞪大双眼，声嘶力竭地大喊。她想冲进倒塌的房屋，却被救援人员拉住。女儿大声哭喊"妈妈"，她如梦初醒，转身紧紧抱住女儿。

许信被救援人员从废墟中刨出来时，已成了血肉模糊的"土人"。他停止了呼吸，可手里还紧紧抱着一包东西。

妻子冲过去，抱着他的遗体痛哭。不懂事的女儿摇着他的手，叫爸爸快起来，不要睡在地上。

妻子打开那包东西，竟是一捆钱！

"许信，你这个杀千刀的！为了一点钱丢了命。这叫我们母女怎么活啊！"妻子狠狠地把钱摔在地上，瘫坐在地上，双手捂住脸，泪水从指缝间流淌出来。

"要钱不要命，悲剧！"周围的人议论纷纷。听到这些议论，妻子的心中又涌起对许信的恨意。

许信是个高级教师，月收入有五千多元。他还写作，不时有点稿费。他原本抽烟、喝酒，十年前突然戒掉了。他很节省，可不知为何常常捉襟见肘。家里的支出，基本上都是在商场工作的妻子负担。她好多次问他钱都去哪里了？他支支吾吾。她怀疑他外面有女人，还悄悄跟踪过他。两人为此没少吵架。

就在昨天，她对许信说，女儿学钢琴要几千元。他却皱着眉头说没有钱，学钢琴的事以后再说。可事实，明明有钱还说没钱！妻子气得牙齿咬得咯咯响。她对许信的后事提不起精神，满心都是委屈和愤怒。

许信的同事找上门，满脸愁容地说许信借了他一万元。

紧接着，一个年约18岁的漂亮姑娘也来找她。妻子看着她，怒火又烧起来，冷冷地说："许信死了！"

"我知道……"姑娘话还没说完，眼泪就如同决堤的洪水般喷涌而出。

"你竟然还敢来？你就不觉得愧疚吗？"妻子讽刺道，"你说，你是谁？"

姑娘说，她姓蔡，还有一个弟弟，来自贫困山区。十年前，许老师到山区支教，教到她。她的父亲病死，母亲受刺激，疯了，不知去向。姐弟跟着年迈的爷爷生活。支教结束后，得知她要退学去打工，他来找她，劝她继续读书，他会资助姐弟直到他们大学毕业。

"许老师守诺言，每个月都准时把生活费寄给我们。我们想长大后报答他，可没想到……"说到这里，蔡姑娘已经泣不成声。

妻子心中的愤怒和怨恨渐渐消散。她想起许信平时对家庭的付出，虽然钱方面很紧张，但他总是尽力做家务，陪着女儿读书。

妻子幽幽地说："你今天来是要那一万元的吧？"

"不是。"姑娘连忙从包里拿出一沓钱，说，"这三千元是许叔叔给我的，你们正缺钱，阿姨你拿着吧。那一万元学费，我和弟弟会想办法的。"姑娘不敢告诉阿姨，这钱是她和弟弟打暑假工赚的。

妻子伸出手接过姑娘递过来的钱，看了看，便放进姑娘的包里。"这钱你拿着，这是许老师的心意！"妻子爱怜地看着姑娘说，"你要是有空，明天来送送许老师。"

"阿姨，明天我和弟弟一定来送老师！"

妻子开始整理许信的遗物，发现他的日记本。她打开看，日记里写到，他看到妻子为家庭操劳，为钱发愁，而自己却把钱拿去资助蔡氏姐弟，心中有些愧疚。他无数次在深夜里辗转反侧，一边是对家庭的责任，一边是对承诺的坚守。每当看到小女儿渴望学钢琴的眼神，他的心就像被重重地捶了一下。他几乎要说出资助蔡氏姐弟的事，但一想到那两个孩子孤苦无依的样子，话到嘴边又咽了回去，只能默默地躲开女儿的目光，独自承受内心的煎熬。妻子还误以为他在外面养小三，他又不能说出真相，怕她不理解。

可是现在，许信这些秘密永远无法向妻女亲口说了。

"信哥，你为什么早点说啊！"妻子的泪水打湿了他的日记本。

◀ 万家灯火时

阖家团圆的除夕夜，万家灯火璀璨。

边防哨卡坐落在山中，周围陡峭的高山连绵不断，纷纷扬扬的雪花将天地间染成一片银白。哨卡里有士兵在值守，虽说人不多，但该守的地方一点也不含糊。

战士张强打电话回家，接电话的是妻子秀。秀名如其人，长得眉目清秀。

秀一手握着电话，一手抱着感冒发烧的儿子。还没说上几句，他"哇"的一声啼哭起来。她忙侧身，把孩子轻轻揽在怀中，开始喂奶，孩子便止住哭声，小嘴"吧唧吧唧"地吸吮起来。儿子许是饿极了，她今日忙得脚不沾地，都未曾顾得上好好喂他。

听到从未谋面的儿子的哭声，强心中满是亲切与疼惜。他多想亲亲儿子的小脸蛋啊！原本是安排他今年回乡探亲的，哨卡新来的小张，父亲身患重病，他便将归家探亲的机会让给了小张。

这件事，强不敢告诉秀。

"秀，娘还好吗？"强问道。

一听这话，秀的眼泪就要流下来。几个月前，娘被一辆汽车撞成重伤，险些丢命。家中无人帮扶，秀产后尚未满月，便背着幼子照料她。那肇事司机，见她们孤儿寡母，势单力薄，只赔了些钱，便消失得无影无踪。为了给娘治病，花光家里的钱，还变卖值钱的东西。唯有那部破旧的电话机，无论如何，秀都要留存。是它，让她能听到强子的声音，好像能嗅到他那熟悉的气息。

男人不在家，生活太艰难了，年轻的秀不知暗地里流了多少次泪。有几次想将家里的情况告诉强，娘都叫她不要说，有困难自己克服。

村里人知道秀家的情况后，村长组织村民们帮忙，用农村医疗费给娘报销了大部分费用。村里的老中医定期来给娘看病，还带来自己采制的草药，分文不取，说强保卫国家的平安，不收秀家的费用。一些村民把自家养的鸡、鸭送过来，还有的送来了新鲜的鱼肉和米面粮油。村里的妇女们轮流过来帮忙照顾孩子和料理家务，让秀能有时间休息。大家还凑了些钱，虽然不多，但也能解燃眉之急。

秀非常感激村民们的帮助，为自己有保家卫国的丈夫感到骄傲。

娘的身体恢复得差不多的时候，她不小心又摔了一跤，又住院。秀不敢告诉村民，快过年了，大家都忙，不要给人添烦。年关将近，娘也吵着要回家过年，秀央人用三轮车将娘接回了家。

家里这些情况，秀都不跟强说过，都是报喜不报忧。她要与娘一样，让他安心守边防。

"秀，你怎么不说话了？"电话那头，强急切地问，"大家都好吗？我想跟娘说说话。"

秀从回忆中拉回现实，赶紧说："都好！我去叫娘听电话。"

秀把正在吃奶的儿子放到床上，走进房间，使尽全身力气，抱起比自己高大许多的娘，一步一喘地挪到厅堂。秀刚坐下，孩子又哭闹起来。

听到儿子的哭闹声、秀哄孩子的声音，电话那头的强热泪盈眶。

强是个老兵，数载未归家。那年回乡完婚，临时接到紧急任务，便匆匆归队。结婚多年，一直膝下无子。去年秀前去探亲，才怀上孩子。自古忠孝难两全，他选择保家卫国，就不能时常守在家人身边享受天伦之乐。

娘在电话里，高兴地说年夜饭丰盛得很，有鸡有鸭，有大鱼。还包了饺子，热气腾腾，香气四溢呢。

"我好久没吃过娘包的饺子了！"强说到此处，鼻尖一酸，泪水几乎夺眶而出。娘的泪水也忍不住，扑簌簌地落下。她张了张嘴，想告诉儿子家中的情况，可又怕他分心，强忍住不说了。

"等你回家，包给你吃个够！"娘哽咽着说道，"你还好吗？"

"我很好。前几天，首长前来慰问我们，与我们共度新年呢。现在，大伙一边吃着年夜饭，一边观赏春节联欢晚会，还一起喝酒呢！"强说。

娘听到了电视里的歌声，众人的欢声笑语，还有喝酒时的猜拳声，还连连说"好"。

强放下电话，再也抑制不住内心汹涌的思念与愧疚。他冲出哨卡，望着家乡的方向，声音带着一丝颤抖地喊道："娘，我想您。秀，我爱您。儿子，爸爸多想亲亲你啊！"

他不敢告诉娘，刚才那欢声笑语、猜拳行令之声都是他模拟出来的。在这孤寂的哨卡，为了排遣寂寞，他苦练口技，鸟鸣虫叫、雷鸣电闪、人嘶马鸣，皆能学得惟妙惟肖，几可乱真。

在这万家灯火照亮的团圆夜，强坚守在边防哨卡，虽孤独却心怀对家人深深的眷恋与对战友无私的关爱。他的周围都是祖国的神圣土地，那是他要用生命去守护的地方。他的心中，家国情怀如同熊熊燃烧的火焰，炽热而浓烈。这是一种甘愿牺牲自我、成全大我的伟大力量，让他在这冰天雪地中坚定如松。

边防哨卡的雪依然纷纷扬扬，战士们在零下四十摄氏度的山上巡逻。战士们冒着零下四十摄氏度的严寒，在山上巡逻。他们的脚印，印刻在皑皑白雪之上，那是忠诚与担当的痕迹。而在远方的后方，除夕的灯火映照着一家家团聚的温馨画面，欢声笑语恰似灿烂的阳光，洒遍每一个角落。

◀ 神秘的汇款

听到老公李财出车祸的噩耗时，邓英感觉整个世界都崩塌了，撕心裂肺地哭喊着。刚出生没几天的儿子正含着她的乳头，被她这突如其来的痛哭吓得"哇哇"大哭起来。儿子哭得几乎背过气去，可此时沉浸在悲痛中的邓英根本无暇理会。

他们是进城务工的农民工。李财在一家出租车公司当司机，那微薄的收入是全家的支柱。邓英当家庭主妇，家里还有一个十岁的女儿。

出事那天上午，阳光刺目得有些不寻常。李财像往日一样出车，嘴里还轻轻哼着小曲儿。突然，一个女人冲过马路。李财猛地往左猛打方向盘，刹那间，车轮在地面上发出尖锐刺耳的摩擦声，车子却像失控的野兽，直直地撞向路边一棵古老的槐树。巨大的撞击声打破了街道的平静，车身扭曲变形，李财的头重重地磕在方向盘上，鲜血从额头渗出，他当场就没了气息。周围的人群围拢过来，尖叫声、呼喊声乱成一团，而那个女人却趁着这混

第一辑 心灵叩击

乱，像鬼魅一般消失得无影无踪。

李财走后，邓英带着两个年幼的孩子艰难度日。她没有文化，只能做些最粗重、收入最低的活儿，难以维持一家的生计。无数个夜晚，她望着两个幼小的孩子，想死的心都有了。

有一天，邓英收到了一张千元的汇款单，汇款人署名张良。附言里称是李财的朋友，让她收下钱好好抚养孩子成人。她在脑海里把李财的朋友翻来覆去想了好几遍，也想不出有个叫张良的人。

这笔汇款就像黑暗中的一丝曙光，让邓英有了些许喘息的机会。她用这笔钱做起了水果小贩，每天背着儿子去卖水果。

每个月一号，那张神秘的汇款单就会准时出现，像一个准时赴约的神秘客人。

生活慢慢有了一点起色，邓英对张良充满感激，感叹这个世上还有这样的好人，还叫儿女有机会要报答张良。

英子渐渐长大了。大学毕业后，她成了报社记者。邓英年纪大了，还患有重症，来日并不方长。她最大的心愿就是在有生之年找到恩人张良。这么多年，邓英还是住在原来那个潮湿的破旧房子不敢搬家，就是张良找不到她们。

英子下定决心一定要找到张良。她先从父亲的人际关系入手，可找遍了他以前的同事、工友，都没有任何关于张良的线索。她在报纸上登出寻找张良的消息后，收到了各种各样的反馈。她根据提供的消息去找人，结果都扑了空。

有一天，她收到一条短信，声称知道张良下落，但要求先打一笔感谢费过去。找人心切的英子便转了一笔小钱过去。随后那人又说张良在一个偏远小镇，不过要再付一笔路费才能告知详细地址。英子咬咬牙又转了钱。按照所给地址，英子赶到小镇，却发现根本没有张良的踪迹。她意识到被骗了。但英子没有放弃。

英子开始调查汇款单上的邮戳地址，走访附近的邮局。邮局工作人员表示印象不深，但提供了可能的区域范围。在众人的帮助下，英子终于找到张良。

张良的头发花白，面容消瘦，脸颊凹陷，背有些驼了，仿佛生活的重担已经将她的脊梁压弯。她整个人就像一棵在风雨中飘摇却顽强挺立的老树，沧桑而又坚韧。

"谢谢您，您是我们家的大恩人。没有您，别说读大学，我连生活都无法保证。您就是我的再生父母！"英子激动得热泪盈眶，"扑通"一声跪了下来，想要认她做母亲。

"千万不要这样！"张良赶忙拉住英子，欲言又止，眼神复杂。英子想带母亲来当面答谢张良。"不要让母亲知道，我做的都是我应该做的。"张良说完，转身就想离开。

第二天，英子还是带着母亲来找张良，谁知却是人去屋空。邻居转交给英子一封信，是张良写的：

"英子，我就是当年那个害死你父亲的女人。如果不是为了躲开我，他就不会死。当时我不出来道歉，是因为我实在害怕，我来自一个贫困的家庭，要是被索赔，我将倾家荡产。可后来我偷偷去看过你家，你们家的情形让我感到深深的愧疚。我天天做噩梦，知道自己罪孽深重。我生活在自责中，导致精神失常，工作频频出错，我被公司劝退。一个知道我情况的朋友劝我振作起来，救赎自己，也去帮你家人。为了重生，我一个大学生到陌生城市做环卫工人，打扫城市的垃圾，也清理我灵魂的污秽。这十多年来，为了有钱给你们，我打几份工，也不敢结婚。我受到了应有的惩罚。"

英子读完信，心中五味杂陈。仇恨与感激在心中激烈地碰撞着。她知道，这个女人虽然犯下不可饶恕的过错，但她用自己的方式在弥补，在救赎。而这份救赎背后的善良与担当，如同黑暗中的一束光，照亮了这个曾经被仇恨笼罩的不幸家庭。邓英知道真相后，也陷入了长久的沉思，她望着远方，心中涌动着一种复杂而又充满希望的情绪。

◀青春的梦魇

　　包伟强高大魁梧，面容俊朗，这样的他自然吸引了不少姑娘的目光。然而，面对姑娘们的示爱，他却毫无回应。

　　"还伟强呢，我看他不行。"背后不时传来这样的闲言碎语，但包伟强心里清楚自己并非如此。

　　包伟强曾经深爱过一个叫小青的姑娘，也曾满心期待与她共结连理。那个夜晚，月光清冷地洒在他和小青漫步的海边。海浪轻轻拍打着沙滩，海风带着丝丝凉意，吹乱了小青的头发，也撩动着他的情绪。他激动地拥小青入怀，亲吻她美丽的脸庞。突然，他像被雷击一般惨叫起来。

　　"怎么啦？"小青再次伸手想抱他，却被他用力推开。小青掩面而去，他闭上双眼，脑海中浮现出那个被洪水吞噬的姑娘苍白的身躯，好像无数虫蚁啃噬着他的内心。

　　不久，小青流泪嫁给了别人，包伟强只能在深夜发出痛苦的哀号。

此后，许多像小青这样的姑娘在他的生命里来了又走，只因为他无法克服内心的恐惧与痛苦。

包伟强三十五岁了。头发花白的父亲"扑通"一声跪在他面前，老泪纵横地哀求："咱家三代单传，你要是再不结婚，包家就绝后了！求你看在祖宗的份上，结婚吧！"十年前，母亲也曾这样哀求过他，可他深陷那片阴影无法自拔。母亲最终忧愤离世。

包伟强不忍看父亲如此，只好妥协。新婚之夜，看到新娘洁白的身子，包伟强的大脑瞬间一片空白。那洪水后苍白的胴体如同一道刺目的闪电，猛地在他脑海中炸开。恐惧像潮水一般汹涌而来，紧紧地揪住他的心脏，让他无法呼吸。他的身体不由自主地颤抖起来，脑海中仿佛有两个声音在激烈地争吵，一个是对正常生活和爱情的渴望，另一个是被深深烙印的恐怖记忆。他想努力克服，可是那股恐惧的力量太过强大，将他彻底淹没。

"对不起，咱们离婚吧。"他不想让妻子守活寡。

后来他又结了一次婚，结果还是一样，他无法尽丈夫的责任，只能再次离婚。他发誓此生不再结婚，不能再耽误别人。

包小华是他的堂弟，猜测他可能有心理问题，便带他去看心理医生。在医生的循循善诱下，包伟强慢慢道出了困扰多年的梦魇。

二十岁的包伟强参与到抗洪抢险相关的应急工作中。那是一场百年一遇的洪水，汹涌的洪水如同一头暴怒的巨兽，肆意地吞噬着一切。包伟强和他的同事们日夜奋战在抗洪一线，疲惫不堪却又不敢有丝毫懈怠。当他听到求救声时，毫不犹豫地伸手去拉那个在洪水中挣扎的人。那姑娘的眼睛里满是惊恐和求生的欲望，他紧紧抱住了她。能感受到她剧烈的心跳。然而，洪水的力量超乎想象，一个巨浪如恶魔的巨掌，瞬间将姑娘卷走。包伟强在洪水中拼命地寻找，他的手被杂物划伤，身体被洪水冲击得几乎失去知觉，但他心中只有一个念头，一定要找到那个姑娘。直到第二天，他才在一个角落里找到她的遗体。她的衣服被洪水冲走，全身赤裸，原本白皙的胴体被洪水浸泡得肿胀变形。那一刻，包伟强的世界仿佛崩塌了，自责和内疚深深地扎根在他的心中。

包伟强总是满心内疚与悔恨，常常被噩梦纠缠。梦中那个姑娘喊着救命，他一次次从噩梦中惊醒。

后来，他和姑娘们恋爱时，那个被洪水卷走的姑娘，她漂亮的模样和那具苍白的遗体总是交替出现在他脑海中。"救我！"那个姑娘伸出的手仿佛永远在眼前，却永远无法触及。他在这青春的梦魇里挣扎，找不到解脱的路。

而平时的包伟强上进心强，业务水平高，还是单位的中层干部。他从来不向人透露那个困扰他的梦魇。

心理医生听完包伟强的讲述，语重心长地说："伟强啊，你是一个勇敢且充满爱心的人。抗洪抢险本就是与死神搏斗，那样汹涌的洪水是不可抗拒的力量，你当时已经拼尽全力。姑娘的遭遇是一场悲剧，但这绝不是你的过错。你得学会接受这个现实，把过去的包袱放下，多去看看眼前生活中的美好，去做那些能让自己开心的事。"

　　包伟强开始按照医生的建议去生活。他重新投身到喜爱的运动中，每天到与小青拥抱过的海边跑步，也积极参加志愿者活动去帮助他人。有一次，他在海边散步时遇到小青，得知她已离婚。他主动追求她。很久，他们步入婚姻殿堂。不久，传来他要当爸爸的消息。

◀ 手套里的爱

十年前，我和周东穷得只剩下爱。那时，我们刚刚参加工作，微薄的薪水只能让我们栖身在郊区简陋的农村出租屋里。

那个冬天，格外寒冷，风萧萧，雪纷纷，天地间一片苍茫。周东去接我下班，他穿着单薄的棉衣，没戴手套，在风雪中冻得直发抖。看到他红肿得变形的双手，我心疼不已，急忙要脱下自己的手套给他戴上。

"别脱，你的冻疮还没好！"他心疼地握住我的手，不让我脱。他的眼里满是关切，仿佛我是他最珍贵的宝贝。

"可你的手肿得像萝卜了！"我也心疼他，坚持要脱下手套。我们谁也不肯自己戴，互相推让着。

"那咱们一人戴一只吧！"我提议。他同意了。

我脱下一只手套给他戴上，一只留下给自己。我们双手紧握着，相拥着，就这样一路互相取暖地走着回家。雪花纷纷扬扬地落在我们身上，却无法冷却我们心中的爱的温暖。

周东说我是一个好姑娘，发誓要给我最好的生活，买最温暖的手套给我。

我们努力奋斗，生活渐渐有了起色。随着事业的成功，我们在市区买了房子，也卖了车子，物质生活越来越富足。

不知从何时起，我们之间的关系在悄然发生变化。周东变得越来越忙碌，我们相处的时间越来越少，交流也越来越少。曾经的那份亲密和温暖似乎在慢慢消失。

冬日的一天，我们坐在宽敞的"奔驰"车里。周东准备开车出门，却突然发现自己忘记戴手套了。

"来不及回家拿了，快把你的手套脱下给我戴上！"周东紧握方向盘，头也不回地叫道。他的语气急促而理所当然，仿佛我就应该立刻服从他的命令。

我的心猛地一沉，失望如潮水般涌上心头。曾经那个温柔体贴的周东哪儿去了？

"我们一人戴一只，好么？"我试探道，心中还残留着十年前那个风雪夜的温暖回忆。

"统统脱下给我戴上。别废话！"他命令道，语气中充满了不耐烦。他似乎完全忘记了十年前那个风雨交加的夜晚，忘记了我们曾经的相濡以沫。

我默默地脱下手套，递给了周东，心中满是失落和无奈。车子在繁华的街道上行驶着，窗外的世界依旧喧嚣而忙碌。而我的内心却无比寂静，仿佛陷入了一个无底的深渊。

我把双手插进大衣口袋里。平时爱说话的我，这天一路上沉默不语，周东问我为什么不说话了。我扭头望着窗外，努力控制快要涌出的眼泪，压住心酸，说："开好你的车，不要管我！"

车到公司门口停下，我们从车上下来。周东的手机突然响起。他接起电话，脸色瞬间变得苍白。原来是公司出了问题，可能面临破产的危机。周东慌乱地打着电话，试图解决问题，但情况似乎越来越糟糕。

看着他焦急的模样，我心中的不满和失落瞬间消失。这个时候他最需要我的支持和鼓励。我轻轻地握住他的手，安慰他："东，我们一定会找到解决问题的办法！"

"对不起，刚才在车上我太冲动了。"他轻声说道，声音里充满了愧疚，"我想起了十年前的那个晚上，我们一起在风雪中互相取暖的情景。冰冰，我需要你！别生我的气。"

我的泪水瞬间夺眶而出，心中的坚冰开始融化。周东伸出手，紧紧地握住我的手。

我感觉到他穿过手套里的爱。我不会离开他，会与他一起面对公司的危机，共同努力寻找解决方案。重新找回曾经的默契和信任，也重新找回手套里那份失去的爱情。

◀ 温润的玉环

外婆住在调顺岛那座宁静的蚝壳老屋，面朝大海。爸爸妈妈到外地做工，把我和哥哥寄放在外婆家。外婆年近八十，身体却硬朗得很，说话中气十足，走路也不需拐杖。她还带着我们去赶海，把捡回来的鱼虾煮海鲜汤给我们吃。

外婆总是穿着宽松的裤子，用一条类似绑头发的绳子系着裤头，一块圆形的玉环穿在裤带上，从不离身。我和哥哥对外婆的玉环充满了好奇，总想摘下来把玩一番，可外婆每次都不让我们碰。

一日，哥哥走到外婆的身边，用眼神示意我。我在她背后突然大声喊："外婆！"

"哎！"外婆应道，转过身来。哥哥瞅准时机，迅速撩起她的衣襟，摸着玉环问："外婆，玉环啥时给我啊？"外婆赶忙扯下衣襟盖住玉环，严肃地说："等我死了再给！"哥哥拉着她的手，不知轻重地问："你啥时死啊？"

"你这坏侬仔竟咒我死！"一向疼我们的外婆扬起手作势要打哥哥。哥哥见状，飞跑起来，外婆随手操起门后的扫把追哥哥。其实我们都知道，她是追不上的。

不过，外婆很快就忘记了哥哥的"诅咒"。除了那玉环，她对我们的要求还是有求必应。

爸爸妈妈回来看我们了，还带了几瓶酒。外婆爱酒，每天宁可不吃饭，也要小酌几杯，我和哥哥私下里都叫她"酒外婆"。妈妈做了一席丰盛的海鲜宴，爸爸给外婆的粗碗里倒酒，外婆喝了一口，咂吧着少了一颗牙的嘴巴，还来不及吃菜，马上又喝了一口酒。

哥哥不断给外婆倒酒，她喝得脸颊泛红，开始给我们讲故事。讲着讲着，她头一歪，就在椅子上睡着了，鼻鼾很大，口水流了出来。爸爸怕外婆着凉，轻轻抱她回房间睡觉。

爸爸离开房间后，我和哥哥的目光就被外婆腰间的玉环吸引住了。哥哥小心翼翼地取下玉环，它是碧绿色的，润滑的，手感非常好。哥哥爱不释手，把玉环放进自己的裤袋里，还叫我不要告诉其他人。

外婆醒后，下意识地摸了摸腰间，发现玉环不见了，她的脸色瞬间变得煞白，赶紧四处寻找，大声喊："谁拿了我的玉环？"

爸爸妈妈听到声音赶来，帮外婆寻找玉环，哥哥也做样子找。找不到玉环，外婆急得哭了起来。我看向哥哥，希望他能承认，可哥哥却狠狠地瞪了我一眼。

丢了玉环的外婆仿佛丢了魂一般，步履蹒跚，整个人仿佛一下子苍老了许多。我心疼极了，想向外婆讲清原因，可又怕哥哥责骂我。

我偷偷地观察哥哥，发现他把玉环藏在了衣柜的最上面。我趁他上厕所的时候，搬来梯子，想从衣柜上面把玉环拿出来。可是，当我爬上梯子后，却发现玉环不见了。我心里一惊，玉环去哪里了呢？我突然想起哥哥说过，外婆的玉环拿到玉铺档能换好多钱，有了钱就买超人玩具。可我也没见到他有什么"超人"，我着急地问哥哥，他却支支吾吾不肯说。

外婆病倒卧床不起。我恼恨哥哥。我守在外婆的床前，心中满是愧疚。外婆叫我把哥哥叫来，说有话要对我们说。哥哥心里有些心虚，却故意大摇大摆地走到外婆的床前。

外婆拉着我们的手，给我们讲起了玉环的故事。原来，这玉环是外公送给她的结婚礼物。外公在城里工作，很少回家，外婆在海岛，日日夜夜思念着他。每天晚上，外婆都会把玉环放在枕头下，摸摸它就像摸着外公的手一样。后来，外公去世了，外婆就把玉环系在腰间，仿佛外公一直陪伴着她。外婆唯一的儿子在国外，不肯回国。外婆很生气，说不认他了。

外婆慈爱地看着哥哥："侬啊，我原想等我死了，这玉环就传给你。可是现在，我把玉环弄丢了！外婆真没用！"

哥哥听了，感动又惭愧，抽泣道："外婆，对不起，是我偷了玉环！"外婆轻轻地给哥哥擦眼泪，说她其实也猜到是哥哥拿的，只是想让他自己承认错误。

哥哥知道自己犯下了大错，赶忙去玉铺档想要回玉环。老板却说，这玉环已经卖给了一个台湾老板，而且他已经带着玉环回台湾了。哥哥失落地回到家，把这个消息告诉了大家。外婆听了，眼神更加黯淡，说自己没管好玉环，对不起外公，每天都自责不已，精神也越来越差。全家人都非常担心，哥哥更是后悔不迭。

有一天，妈妈带回一块玉环，兴奋地说，玉环找回来了！我看到那块玉环，碧绿温润，和外婆的那块玉极为相似。躺在床上气息奄奄的外婆，刹那间睁开了眼睛，那眼神中迸发出惊喜的光芒。"我的玉环回来了！"她颤抖着双手摸着玉环，将它紧紧地贴在胸口，喃喃自语着。外婆的精神似乎一下子好了许多，嚷着要吃东西，要喝酒。妈妈赶忙拿出酒，精心炒了她爱吃的菜。

有一天，外婆不小心摔了跤，永远地离开了我们。临终前，她把玉环递给哥哥，叮嘱他好好读书，保管好玉环，以后传给自己的孩子。

后来，我偶然听到爸爸妈妈的谈话。原来，为了哄外婆开心，他们跑了很多地方，费了好大的力气才找到这块与外婆的玉环相似的玉环。我有些怪他们骗外婆，爸爸却摸着我的头说："这玉环对外婆来说太重要了，它是家族的传承，更是爱的传递。我们一定会去台湾找外婆的玉环，让它回归的。"我看着爸爸坚定的眼神，似乎理解了他们的苦心。那玉环所承载的爱与希望，将永远在我们家族中延续下去。

◀ 阿英的希望

阿英的病愈发严重了，每一阵咳嗽，都带出夹杂着暗红色血丝的痰液。她挣扎着从床上坐起，想去小解。这时，父亲与弟弟的交谈声传了进来。

"爹，你找到让姐过年的地方没？按风俗，出嫁女不能在娘家过年。"大弟周金的声音传来。

"你姐病成这样，你让她去哪？做人得讲良心，没她哪有你们的今天？她为这个家累成这样。都年二十九了，赶她走，天理难容！"周培成恼怒地把水烟筒一扔。

阿英的泪水夺眶而出。

母亲去世那年，阿英才十二岁，下面还有三个弟弟，最小的尚在襁褓之中。

阿英小学五年级没读完就辍学回家，挑起了既当姐又当娘的重担。天还未亮，整个村庄尚在沉睡，她就悄悄起身。灶膛里火苗跳跃，映照着她疲惫却坚毅的脸庞。她麻利地挫着番薯、煮猪食、喂猪，接着煮全家的早饭。叫醒大弟吃饭，送他上学后，又赶忙把小弟喂饱，自己匆匆扒两口饭，就背着小弟到田里干活。

村里的人都说，阿英这孩子命苦。爹也常愧疚地说："阿英，爹对不住你，让你受苦了。"可阿英从不抱怨，满心只想着把弟弟们拉扯大。

田里的收成难以填饱肚子。村里和阿英年纪相仿的年轻人都外出打工了，据说收入比种地高很多。

"阿英，跟我去深圳打工吧，一个月能挣两三千呢，肯定比在家赚得多。"阿芳说。她和阿英同年，初中毕业后就出去打工了，才一年就变得又漂亮又时髦。

十七岁的阿英跟着阿芳进了城，在一家酒家做服务员。阿英虽在苦水中泡大，却出落得十分俊俏。有些客人总是色眯眯地盯着她，甚至不怀好意地动手动脚。有一次，一个客人摸她的脸，阿英气得骂了句"流氓"。

"你说我流氓我就流氓。"那流氓竟在她胸前狠抓一把。阿英何曾见过这种事，她丢下盘子跑到角落哭泣。

"欺负小姑娘算什么男人？"张二楞气愤不过，一拳打在那流氓脸上，顿时鼻血喷涌。这可惹了大祸，那流氓是当地地痞，一个电话就招来一群打手，把酒家砸得稀巴烂，二楞也被打得奄奄一息。

二楞被酒家辞退了，可酒家没为难阿英，让她继续留下。阿英便一边打工，一边照顾受伤的二楞。

在照顾二楞的日子里，阿英的善良和坚强如涓涓细流，慢慢渗入二楞的心。二楞受伤的身体疼痛难忍，阿英总是想尽办法为他减轻痛苦，精心熬制热汤，细致入微护理伤口，温柔地安慰他。从没得过女性温暖的二楞，看着阿英忙碌的身影，被她的美好品质深深打动。而阿英也在相处中，感受到二楞的正直和善良。两颗心在苦难中越靠越近，爱情悄然萌发。

二楞对阿英说："嫁给我。"

阿英却摇摇头："我得先把三个弟弟拉扯成人再考虑自己的事。"

日子一天天过去，阿英拼命打工赚钱，省吃俭用，大部分钱都寄回了家。在她的支持下，大弟考上大学，二弟上了高中，小弟念初中。

长期的劳累让阿英身体每况愈下，她总是疲惫不堪，咳嗽也愈发严重。可她不敢去医院，怕花钱，怕耽误给弟弟们寄钱。

直到有一天，她在工作时突然晕倒。同事把她送到医院，医生诊断为严重肺病，需要长期治疗。

阿英躺在病床上，满是忧虑。她害怕自己的病拖累弟弟们，影响他们的学业。她想着自己的一生，从年少的艰辛到如今的病痛，不禁悲从中来。她还憧憬着，如果病好了，要带弟弟们去看看外面的世界，要好好孝顺父亲。可现在，面对这高昂的医疗费用，她又觉得希望渺茫。她想放弃治疗，可又割舍不下弟弟们和二楞。

这时，三个弟弟来到医院。他们看着虚弱的姐姐，愧疚和感激涌上心头。

"姐，你一定要好起来。我们会照顾好自己，也会照顾好你。"大弟说道。

二弟和小弟也用力点头，表示会努力学习，将来报答姐姐。

阿英看着懂事的弟弟们，有了一丝慰藉。

然而，面对高昂的医疗费用，他们一筹莫展。阿英不想为难弟弟们，还是想放弃。

张二楞来了，拿出自己所有的积蓄，又四处借钱，为阿英筹集医疗费用。

"阿英，你一定要坚持下去。我会一直在你身边，陪你渡过难关。"二楞说。

在二楞和弟弟们的鼓励下，阿英决定勇敢面对病魔。她积极配合治疗，可治疗过程并不顺利，药物的副作用让她痛苦不堪，病情也反复无常。

夜里，阿英独自流泪，觉得命运对自己太不公平。自己的一生都在为他人付出，为何还要遭受这样的折磨？她害怕死亡，害怕离开弟弟们和二楞，害怕自己的梦想永远无法实现。但每当清晨的阳光照进病房，她就会擦干眼泪，告诉自己不能倒下。她想起弟弟们期待的眼神，二楞温暖的陪伴，她知道自己还有很多未完成的事。

她的坚强如同寒冬里的腊梅，在苦难中顽强绽放。未来的路依旧布满荆棘，但阿英心中有了希望，有了爱，她相信自己一定能走过这段黑暗的时光，迎来属于自己的幸福。

◀ 欲望与坚守

秋菊看着刚从东莞回来的志强，半是埋怨半是打趣地说："真没出息，出去没多少日子就跑回来了。"

志强憨憨一笑，凑近秋菊说："老婆，我不在家，你就不想我吗？"说着，伸手就想搂秋菊。

秋菊轻轻侧身躲开，皱着眉头说："你看看人家土生，去东莞好几年都不回来一次，大把的钱往家里寄呢。"其实，秋菊是盼着志强回家的，可一想到他挣的钱都浪费在往返路上，就忍不住数落起来。

志强不屑地撇撇嘴："土生那种靠女人养活的男人，我可瞧不上。"在东莞某些工厂，女工数量居多，男人则成了稀缺资源。那些背井离乡的男女们，每到夜晚，内心的孤独和身体的欲望就如同春天的野草一般肆意生长。为了排遣寂寞，有些人就组成了所谓的"临时夫妻"，一同生活，但是约定好不能破坏各自原本的家庭。土生到东莞没多久，就和厂里的水英凑成了一对。

秋菊听了志强的话，心里不禁一紧，赶忙叮嘱："你可千万不能学土生啊！"她宁可志强把钱花在路上，也不愿意他在外面做出对不起家庭的事情。

志强再次踏上了前往东莞的路。这一去就是一年，期间他从未回过家。每次秋菊打电话过去，他总是说工作太忙，实在脱不开身。不过，他寄回家的钱倒是从未间断过。

和志强一起在东莞打工的土猫回来后，悄悄告诉秋菊，志强在东莞好像和女人关系暧昧不清。秋菊听了这个消息，又气又急，立刻打电话质问志强。志强在电话里信誓旦旦地对天发誓，说绝无此事。过了几天，志强就回了家，还带回不少钱。照这个速度，家里盖小洋楼是迟早的事。在村里，能盖得起洋楼的人家，大多是有人在外面打工挣钱的。单靠家里那几亩薄田，能勉强糊口就不错了，想要盖楼简直是天方夜谭。

志强这次回来，没有了以往那种急切。秋菊在生了孩子之后，对夫妻间的亲密之事却有了更多的渴望。志强不在家的时候，她也有过难以忍受的时候，只能独自默默忍受，这种事情又怎么好意思对别人说呢。

一天，秋菊从菜地里回来，看到一个女人走进了自家院子。她赶忙躲到一旁。

只听到志强慌张的声音传出来："你怎么跑到我家来了！咱们之前不是说好了吗，在东莞只是临时搭伙过日子，不能破坏各自的家庭。回到家，我就是我老婆的丈夫，我是深爱着我老婆的！"秋菊本来想冲进院子里把这两人臭骂一顿，可是听到志强那句"我是深爱着我老婆的"，她的双脚就像被钉住了一样，无法挪动。

志强又去东莞了。

"秋菊啊，你一个人又要带孩子，又得忙田里地里的活，太辛苦了！你歇会儿吧，我来帮你浇水。"土保说着，伸手就要去拿秋菊的水桶。

要是在以前，秋菊肯定会毫不留情地把他骂走。可是这次，她默默地让土保拿走了水桶。土保是村里的老光棍，家里穷得叮当响，四十多岁了还没娶上媳妇。村里的年轻人都出去打工了，剩下的大多是妇女、孩子和老人。土保不愿意出去打工，总是说金窝银窝不如自己的狗窝，其实他心里一直放不下秋菊。尽管秋菊以前从来没给过他好脸色。

土保帮秋菊浇完了菜地，又去甘蔗地除草喷药。

秋菊破天荒地挽留土保："别走了，在我家吃个便饭吧。"土保听了，高兴得满脸通红，像个得了宝贝的孩子。

一天夜里，秋菊的儿子突然发起高烧，额头烫得吓人。秋菊一下子慌了神，不知所措，抱起孩子就去敲土保家的门。土保伸手一摸孩子的额头，惊叫起来："孩子烫得很，得赶紧送卫生院！"他急忙把孩子背到背上，骑着那辆破旧的自行车，急匆匆地往卫生院赶去。医生说，幸亏送得及时，要不然孩子就算脑子不被烧坏，也可能会落下其他毛病。

秋菊对土保满心感激，特意杀了鸡，买了酒，好好地答谢他。两人都喝多了，土保忍不住凑上前想去亲秋菊。她迷迷糊糊，浑身无力。酒醒后，她很后悔，但转而一想，志强不也是这样吗？扯平了。

秋菊和土保之间的风言风语渐渐传到了志强的耳朵里。"这个臭女人，竟然敢偷人！"志强气得满脸通红，愤怒地往家里赶。

回到家，看到秋菊和孩子正在树下剥花生。秋菊看到他，吃了一惊，慌慌张张地说要去小卖部买点好酒来招待他。志强悄悄地跟在后面。秋菊来到土保家，土保一见到她就伸手想要搂住她，秋菊却推开他的手说："志强已经回家了，我是他的老婆，你以后别再来我家了。我是爱志强的。"

志强听到这话，心里涌起一股暖流，原本想狠狠揍秋菊一顿的怒火一下子就消了一大半。

晚上，志强搂着秋菊说："等攒够钱盖好楼，我就不去打工了。"

志强再次离家之后，拄着拐杖的土生回来了。原来，他在东莞的临时"老婆"的丈夫找上门来，把他狠狠地揍了一顿，不仅把他的命根子给废了，还不解气地踩断了他一条腿。土生自知理亏，不敢报警。

这件事在村里传开之后，大家都暗自警醒。那些曾经有过歪心思的人，看到土生的下场，纷纷收起了欲望。

秋菊和志强，也在经历了这些波折之后，原谅了彼此的过失，过去的事翻篇了。志强不去东莞打工了，乡村振兴有优惠政策，两口子承包了果园，学做电商，在网上销售自己的水果，还帮村民卖货，日子红红火火，两人的感情越来越好。

◀ 迎接新生

    大年三十的夜晚，风雪像发了狂的猛兽，在天地间肆意呼啸，寒冷似锐利的冰刃，无情地切割着世间万物。这晚，本不是王晓梅值班，同事提出换班，她欣然同意。除夕夜，千家万户灯火通明，亲人围坐，欢声笑语和着美酒佳肴，温馨满溢。但这样的温馨对于晓梅，只是遥远的记忆，她已记不清多少个除夕夜，是在医院惨白的灯光下，静候新年的第一缕阳光。

    医生值班室的门突然被撞开，一个男人闯了进来。晓梅的身子猛地一僵，她怎么也想不到会在此刻与路伟重逢。五年了，这个让她恨之入骨的男人就这般出现在眼前。

    "你来做什么？"晓梅声音颤抖，下意识捂住胸口。

    "我妻子要生了，是横位，其他医院不敢收，叫我来找你。"路伟的声音低得像蚊蚋叫，透着心虚。

    "你走，我不想见到你！"晓梅像被激怒的母狮，霍地起身，打开办公室门，冷冷地示意他出去。

"晓梅，都是我的错。小英和孩子是无辜的，求你救救他们！"路伟"扑通"跪地哀求。

"孩子"二字像淬毒的刀，狠狠刺进她的心窝。她眼窝深陷如枯井，此时却似有烈火喷出，那炽热让路伟不敢抬头。"你的孩子无辜，我的孩子呢？他有何罪？"晓梅拔高声音，悲愤交加。

往昔的痛苦如潮水将晓梅淹没。若不是路伟，她的孩子此刻应在怀中嬉笑。可一切都没了，那鲜活的小生命早早凋零，只剩悲痛与仇恨。而这一切的源头，正是眼前这个男人。

那天本是晓梅少有的休息日，医院有产妇难产，打电话叫她回医院。她准备回医院，儿子紧紧拉着她的衣角，那模样让人心疼。"妈妈，今天我生日，别总去医院了，陪我去动物园玩，好吗？"晓梅眼眶泛红，儿子的央求她总是无法满足，今天答应了却又要食言。

"宝贝乖，妈妈要救阿姨和小宝。"晓梅摸摸儿子的头。

"那妈妈不要我了？"儿子嘟嘴的委屈模样让晓梅心一沉，她没想到这是儿子最后的话。

她狠下心把五岁的儿子交给路伟看管后赶往医院。路伟为与情人幽会，将儿子反锁在家中。儿子玩打火机引发大火，被锁在家的他像被困的幼兽，四处寻找生路无果，最终被大火吞噬。晓梅赶回家看到那堆焦炭般的骨架时，眼前一黑昏死过去。

醒来后的晓梅像失了魂的木偶，神志不清，痴痴呆呆。

"儿子，你今天生日，妈妈带你去动物园、去看大海。"

"儿子，你在哪？妈妈等你吃饭，乖，别捉迷藏了。"

无数个夜晚，她从噩梦中惊醒，想起儿子可爱的小脸和那堆黑炭，心如被钢针扎刺，痛不欲生。

她无法承受丧子之痛，离开那个没有儿子的家，也永远离开了路伟。

对晓梅来说，如今唯一的慰藉是在医院迎接新生命。那一声声啼哭是最美的音乐，每个婴儿在她眼中都是儿子重生，她将母爱倾注于这些婴儿。

这些年，她好不容易平静的心，此刻被路伟搅乱。她怎么可以去救仇人的孩子？

"我知道……你恨我，不会原谅我。可是……我们的儿子没了，我也很痛苦。是我害了儿子，全是我的错。我的痛苦……并不比你少。这么多年了，我夜夜做噩梦。我精神恍惚被车撞，左脚残废了，这是我的报应。"路伟跪地痛哭，不肯起身。

"你不走，我走！"晓梅眼神冰冷，不想再看这个将她抛入痛苦深渊的男人。

待产室有两个三十岁左右的待产妇。

"痛死了，医生快来救我！"其中一个女人的嚎叫声划破寒夜，那声音在夜里格外凄厉，令人毛骨悚然。她痛苦地扭成一团，被子被踢开，脸上透着因疼痛而产生的苍白，额前的头发被汗水浸湿，杂乱地贴在额头上。她的眼睛虽然因痛苦而略显无神，但仍透着一股求生的渴望。那残疾的腿在被子下显得有些突兀，她整个人像是在狂风中摇摇欲坠的小草，脆弱而又顽强。晓梅心一酸。

女人紧紧抓住晓梅的手，那手冰冷无力却像铁钳，两眼放光挣扎着坐起。

"你是初产还是经产？"晓梅轻轻按住她。

"五年前怀过，出车祸孩子没了，腿也残废了。"

"你叫什么名字？"

"李小英。"

晓梅像遭雷击，触电般缩回手，呆立原地。

"王医生，产妇羊水破了，横位，怎么办？"助产士焦急地问。

羊水如决堤江水，浸湿裤子和床单。

"医生，救救我和孩子，我三十多了，好不容易怀上的！"小英惊慌失措地抓住晓梅，不知眼前医生是丈夫的前妻。

"痛死了，救救我和孩子啊！"她的叫声越发凄厉，重重撞击晓梅的心窝。

她是可怜的女人，她和孩子无辜。

"把她带到产房。"晓梅深吸一口气，镇定地下令。

产房里弥漫着紧张的气息，灯光白晃晃的。晓梅指挥产妇并用力扳正胎位。"用力吸气，呼气。"她的声音沉稳有力，"再用力，像大便一样用力。"小英咬牙用力，青筋暴起，孩子却仍未生下。

"先喝点水，休息下，我让你用力再用力。"晓梅的衣服被汗水浸透，疲惫不堪。

"哇——"产房传来清脆的婴儿啼哭。此时新年的太阳刚刚升起，阳光透过窗户洒在产房，宛如希望降临。

望着和煦的阳光，晓梅感到从未有过的轻松。这个新生的婴儿，像是一道光照进了她心中那黑暗的角落。她知道，仇恨并不能让儿子回来，而这个小生命的诞生，也许是一种新的开始。她心中的仇恨在这一刻渐渐消散，取而代之的是一种对生命的敬畏和宽容。她仿佛看到儿子在那片阳光里对她微笑，告诉她要放下过去，迎接新生。

◀ 光明使者

　　毕伟在这个小区已经踩点好些天了。他的眼神中透着疲惫与无奈，破旧的衣衫在风中瑟瑟发抖。他的目光不断地在各个住户家的窗户和门口游移，心中满是纠结与挣扎。

　　他注意到了二楼一户人家，好几天里只有一个中年女人进出，没有看到男人的身影。一个女人比较好对付。于是，他将这户人家锁定为目标。小区是开放式的，出入方便。他瞅准了一个机会，潜入了这个家。在黑暗中，他的手颤抖着翻找着，终于摸到了鼓鼓胀胀一袋子钱。他的心跳陡然加快，欣喜若狂。

　　因为紧张和慌乱，他转身时不小心撞倒了椅子。"啪"的一声，在寂静的房间里显得格外刺耳。

　　"谁？"一个十多岁的女孩猛地从床上坐起来。她眉目清秀，可惜一对眼睛大而空洞。她的脸上满是惊恐，在黑暗中伸出手，慌乱地摸索着要下床。

　　毕伟扶起椅子，赶紧躲在衣柜旁，心脏仿佛要跳出嗓子眼儿，身体不由自主地索索发抖，汗水湿透了他的后背。他紧紧地把那包钱揣在怀里，就像握住了母亲的生命线。他大气不敢出，脑海中一片混乱。

"英儿，又睡不着了？你已连续几个晚上睡不好了。快点睡吧，明天我们还要坐早班车去广州看医生呢！"母亲听到动静后，赶忙转过身来。

"妈妈，我真的听到什么东西响呢！"英儿坚持着自己的感觉，她的小手紧紧地抓着床单。

母亲起床，打开了一盏昏暗的小灯，眼睛在房间里扫视了一圈，见没什么动静，便走过来拍拍女儿的肩膀，温柔地说："你这几天你老是睡不好，可能是幻觉吧。"

"妈妈，您说我这眼睛真能治好吗？"小女孩拉着母亲的手，声音里带着一丝颤抖，既有对重见光明的渴望，又充满了担忧。

母亲慈爱地抚摸着女儿的头，眼中满是坚定："这次给你做手术的，是全国最有名的专家。他们会做得很棒的。你很快可以看到五彩缤纷的世界了！"

"妈妈，如果我看见光明了，我第一个要见的，就是给我捐眼角膜的汪丽姐姐的父母。我要认他们做干爹干妈，给他们养老送终。"英儿说到这里，眼睛里闪烁着晶莹的泪花，顺着脸颊滑落。每次想到汪丽，她的心中就充满了感动。

汪丽和英儿年纪相仿，是一个非常坚强的女孩。她读初中的时候，不幸查出了绝症。父母带着她四处求医，走遍了全国的大医院，可是病情依然不见好转。每次化疗的时候，她都会吐得厉害，身体虚弱得像一片随时会飘落的树叶，但她从来没有吭过声。面对随时可能到来的死神，她表现得格外乐观、镇静。她的坚强和乐观感染了医院里的医生、护士，还有周围的每一个人。

有一个给汪丽做过治疗的医生在自己的朋友圈里写了她的故事，讲述了她的美丽与坚强，感动了不少人。有人发起社会捐款，并且到医院来探望她。英儿的母亲就是在医生的那里知道汪丽的故事。她把汪丽的故事讲给英儿听。

汪丽非常懂事。她知道自己的生命在一点点消逝，便悄悄地准备后事。她说自己走后，遗体捐献给医院做科研用，哪个器官能帮助到别人就拿去，而她特别希望自己的眼角膜能捐献给年纪跟她差不多的女孩子。英儿正好符合条件，医院通知她随时做好准备。

毕伟躲在衣柜旁，静静地听着母女俩的对话，内心受到了极大的冲击。他的母亲得了重病，需要一大笔钱来治疗。能借的都借了，可离那笔巨额的医疗费用还差得很远。在走投无路之下，他动了不该有的念头。

"妈，借钱给我们的人，您都记下名字了吗？"英儿问道。

"记下了，我们不能忘记这些给你送光明的人！"妈妈的眼睛也红了，声音有些哽咽。

"是的。以后我会赚很多钱，加倍还给他们。"英儿握紧了小拳头，仿佛在给自己打气。

看着这对充满希望和感恩的母女，毕伟心想，这袋子钱我能带走吗？我能偷走一个孩子重获光明的希望吗？他又想起病床上

第一辑 心灵叩击

051

的母亲，满是愧疚、挣扎，不知如何是好。

第二天，阳光透进窗户，特别温暖，特别明亮。英儿的母亲起床后，去拿那个装钱的袋子，发现多了一百元。她很纳闷，怎么会多出钱？是她昨天数错了吗？她不知道，有一个叫毕伟的年轻人，昨晚的内心煎熬与良心救赎，把身上仅有的一百元给了英儿。

毕伟又走在为母亲筹钱的路上。阳光洒在他的身上，他想起英儿，想象她看见光明的模样，他心里亮堂堂的。

◀爱与成全

在一场惨烈的车祸中，许丽的丈夫曾勇不幸高位截瘫。自此，吃喝拉撒全在床上，生活的重担完全压在了许丽的肩头。祸不单行，肇事司机逃逸，他们一分钱赔偿都没拿到。曾勇的单位效益不好，只是象征性地给了一点钱后便再无下文。而许丽所在的企业也面临倒闭的困境。

没钱住院，许丽只好把丈夫带回了家，自己摸索着治疗。娘家人怜惜她无钱，给钱给许丽。

听说吃生鱼有利于伤口痊愈，许丽便天天跑到市场去买生鱼，回来精心烹调喂给丈夫喝；听说松筋藤可以疏通经络，她毫不犹豫地亲自上山去寻找，哪怕山路崎岖，荆棘满布。

原本好脾气的曾勇变得十分古怪，动不动就骂许丽，摔东西。"这么苦我怎么喝？你是不是想毒死我？"许丽默默地捡起地上的碎片，一不小心被碎片割伤了手，血瞬间涌了出来，她吸吮着流血的手指，转身走到一个角落，默默地垂泪。想到自己全心照顾丈夫，还有年幼的儿子小伟，还得不到丈夫的认可，内心的酸楚无人诉说，许丽忍不住捂住脸大声哭。

许丽被居委会推选为"好妻子"。有个记者写她照顾瘫痪丈夫的事迹，登在当地的《滨海日报》，还配上一幅照片。许丽一下子成了本地名人。有人请她去做报告，她一一拒绝。

有人慕名来找她，欧阳咏便是其中一个。欧阳咏给她钱物，还热心地帮助她照顾瘫痪的曾勇，逗小伟玩。曾勇开始很高兴，四人在一起有说有笑。

可时间一长，曾勇的脾气变得更加古怪了，见到欧阳咏也不像以前那样热情了。

"咏哥，你走吧，我一个人能够照顾好他。"许丽轻声说道。

"我闲着也是闲着，就让我帮帮你们吧！就当是给我机会积功德。"欧阳咏诚恳地回应。

曾勇突然提出离婚，让许丽与欧阳咏结婚。许丽与欧阳咏都不同意。没过多久，许丽要与曾勇离婚的消息如一颗重磅炸弹，在小城里炸开了锅。"没良心，有了名气，就抛弃丈夫！"有些人见了她就吐口水。"她才30岁，守着一个瘫子也难为她了。"也有人表示理解。

许丽叫欧阳咏以后不要再来，免得人家说闲话。欧阳咏不在乎，说人正不怕影子斜。

没多久，曾勇自杀了，许丽瞬间又成为众矢之的。"你这贱人，还我儿子命！"从乡下来的家婆揪住许丽的头发，狠狠地往墙上撞。婆家人还不解恨，把她按倒在地，一阵暴打。许丽晕死过去，被劝架的人急忙送去医院。

人们在整理曾勇的遗物时，发现了他写的遗书。

"阿丽，你是天下最好的女人，我娶到你，是我几世修好的福气。这些年你照顾我太苦了，你年轻漂亮，不应该跟着我受苦。我叫你离婚，你不肯。欧阳咏是个好男人，他很喜欢你。我看得出，你对他也有好感。我劝你跟我离婚，嫁给他，你还是不肯。我绝食，拒绝治疗，你才同意离婚，条件是离婚不离家，要继续照顾我。可是，这样跟没离婚有什么区别？我是一个废人，活着也没多大价值，还成为大家的累赘。我只有离开这个世界，你才可能有幸福。我离开后，你要跟阿咏结婚。我唯一的要求，就是你们要把小伟培养成才。另外，你把我的遗书给我家人看，让他们不要为难你。我的死与你无关！别了，阿丽，祝福你们！"

读完遗书，众人沉默了。许丽在病床上泪流满面，她的爱与付出，曾勇的成全与无奈，在这座小城，演绎出了一段令人唏嘘的故事。

◀ 生命的回响

　　一个中年男子走进报社新设的"寻吧"栏目组，递给我一张名片，自我介绍说叫李铭恩，是外省一家公司的董事长。

　　"我要找甄墨寒老师，他曾在源河小说教过书。"

　　巧了，甄墨寒跟我母亲曾是同事。那时的他四十多岁，瘦高的身形透着一种精神劲儿，脸上总是挂着和蔼的笑容。他的生活过得极为节俭。每次出差，他都会让老婆提前做好饭，肚子饿了，就随便找个阴凉的角落解决。偶尔到饭店就餐，也是能省则省。他拿出老婆事先做好的饭菜，用饭店的酱油拌着吃，看到服务员不满的眼神，实在不好意思了，才会点一盘最便宜的菜。吃剩的菜汁也不舍得浪费，小心翼翼地倒回饭盒，临走还不忘把饭店的茶水灌满自己的军用水壶。

　　他有三个女儿，没有儿子。大女儿带孩子回娘家，吃完午饭，他就催促女儿快点回去："这孩子又是尿又是屎的，尿布洗个不停，那要多少水啊？"

　　他家住楼上，我家住楼下。吃完晚饭，他常常打着饱嗝踱到我家来，一边跟我父亲闲聊着，一边洗手，再去散步。

"连洗手的水都要省，真是抠门到家了！又没有儿子，省下的钱给谁花？"我妈对他的抠门很是不满，有时听到他的脚步声，就赶快关门。

"老甄也不容易，老婆没正式工作，孩子又多。"父亲则总是宽容地开门等他。

后来我家搬走了，我就再没有甄墨寒的消息，也不想跟这种抠门到家的人有什么联系。

"李董，你工作忙，寻人这种事叫手下办就行了啊。"我给李铭恩倒了杯茶，茶香袅袅升腾。

"不，这事我要亲自办！我要找到甄老师！"李铭恩摇了摇头，喝一口茶，缓缓开始他的讲述。

当年，铭恩的家里穷得叮当响，两个姐姐小学都没毕业就被迫出去打工。铭恩的成绩在班里一直名列前茅，可读完五年级，他就不想再读书了，想出去打工，帮补家庭。

听说铭恩要退学，甄老师来到他家。那是一个怎样的家啊，土坯房摇摇欲坠，屋里昏暗无光。甄老师看到这一切，心中一阵酸楚，半天说不出话来。

"回去读书吧，不读书你这辈子就没希望了。我一定帮你！"甄老师的声音有些颤抖，却很坚定。

从那以后，甄老师帮铭恩交所有的学杂费，每个月还给他一些生活费。他只有两个心愿：一是铭恩能好好读书，将来做个有用的人；二是帮他出钱的事不能告诉别人。就这样，在甄老师的帮助下，铭恩读完了小学、中学，直至大学。毕业后，铭恩被分配到远离家乡的地方工作，后来他下海经商，开了自己的公司。

"甄老师就是我的再生父母，没有他就没有我的今天！"铭恩说着，双手抱头，泣不成声，"他教育我们做人要懂得感恩。我再不报答，这辈子就没机会了！"

我没想到抠门的甄老师有这么感人的事迹。于是，我决定与李铭恩一起找他。我们开车，先到源河小学找。

"他早就退休了，也搬出去了，不知道住在哪儿。"当年的邻居摇了摇头说道，"不过我有他女儿芬的手机号码。"

我拨通了芬的电话，向她讲述了铭恩的故事。"也改变了我命运！"芬在电话那头大声说道，声音有些颤抖。

原来，当年芬和铭恩都考上了大学，可家里的钱只够供一个人读大学。一个是亲生骨肉，一个是自己的学生，甄老师陷入了两难的抉择。

芬一直渴望读大学，无数次在梦中走进象牙塔。父亲对她说："铭恩不读大学，就得回农村，面朝黄土背朝天。而城里找工作容易，你可以读社会大学。"芬心中纵有万般不舍，却也拗不过父亲，就这样失去了读大学的机会，到工厂当了工人。后来工厂倒闭，她下岗了，如今只能靠一辆三轮车拉客维持生活。

当我们见到芬时，铭恩的眼中满是愧疚："对不起，芬，是我连累了你。如果当年我知道这个情况，我决不去读大学！"铭恩的泪水滑落。

我们跟着芬来到希望小学，甄老师退休后一直在那里义教。

车子在崎岖的道路上颠簸前行，终于，那所希望小学出现在眼前。几间破旧的瓦房像是风烛残年的老人，墙面的石灰剥落得厉害，露出里面斑驳的砖头。教室的窗户玻璃碎了好几块，只用几块破木板勉强遮挡着。走进教室，一股闷热的气息扑面而来，没有风扇的教室就像一个巨大的蒸笼，孩子们的小脸被热得通红，汗水湿透了他们的衣衫，可他们的眼睛里却透着对知识的渴望。

见到甄老师，铭恩激动万分，紧紧握住甄老师的手说："老师，可找到您了！"他的头发像冬日的芦花般全白了，稀疏地散落在头上。驼着背，笑容在满是皱纹的脸上晕开。他高兴地叫着铭恩名字。

"老师，我现在有能力报答你了。"铭恩哽咽着说。

"我不需要你报答。如果你一定要报答，就帮帮这些孩子吧！"甄老师的目光里满是慈爱。

铭恩很快行动起来，给学校送来一批风扇，另外捐资修建校舍，并成立扶困基金，专门扶持品学兼优的贫困生。他把一间商铺的钥匙放在芬的手里："好好照顾甄老师。欠你的来生再还吧！"

铭恩千里寻师的故事登在"寻吧"不久后，他的妻子找到了甄老师，面容憔悴而悲伤。她把一个大信封交到他手里："半年前，铭恩就知道自己得了癌症。他拒绝治疗，说不如用这些钱做些有意义的事。临终前他叫我把这个交给您。"

甄老师颤抖着双手接过信封，泪水模糊了视线。

后来，有间学校被命名为"铭恩"。一个关于爱与感恩的故事在山中回响。

◀ 爱的"必达"

　　"老公，你怎么又喝酒了？"李凤皱着眉头，看着醉眼蒙眬的丈夫。

　　"人在江湖身不由己啊！"老公打着酒嗝，满脸无奈。

　　"老公，拜托你不要再喝酒了！"李凤满脸愁容地望着李得胜。

　　"好的，老婆，我一定改。下不为例！"李得胜信誓旦旦地保证着，可他的眼神却有些飘忽，让她心中隐隐担忧。

　　老公李得胜在县接待处工作，那应酬就如同家常便饭一般频繁。他本就不胜酒力，可偏偏耳根子软，经不住别人三言两语的劝说。只要别人一劝，他立马就把对老婆的许诺抛到九霄云外。

　　这天傍晚，夕阳的余晖刚刚散去，李凤正在厨房忙碌着准备晚餐，满心期待着与老公度过一个温馨的夜晚。然而，一阵沉重的脚步声传来，紧接着门被猛地推开，一股刺鼻的酒气扑面而来。老公又喝得酩酊大醉回来，他摇摇晃晃地走进屋子，还没走几步，就"哇"的一声吐了出来，满地都是污秽之物，那股臭气瞬间弥漫在整个房间。李凤急忙放下手中的活计，跑过去帮他清理呕吐物。可就在这时，他又一阵干呕，她来不及躲避，被他吐了一身。看着自己身上的脏污和烂醉如泥的老公，她的泪水在眼眶中打转。结婚不到一年，这样的情形已经不知发生了多少次。

"你老是说改，你改了什么？别人的话你句句听，我的话你都当耳边风。你吐个够吧！"李凤愤怒地摔门而去。

她换上干净的衣服，独自在街上漫无目的地逛着。夜晚的风有些凉，吹在她的脸上，却无法平息心中的怒火。正巧，她遇到了高中同学李兰。

李兰看着李凤失魂落魄的样子，连忙拉着她去喝夜茶。在温暖的灯光下，她忍不住诉说婚姻的苦恼。可没想到，李兰居然帮李得胜说话，说男人出去应酬不喝酒会被人看不起。李凤一听就很不高兴，心中涌起一股莫名的委屈。她心里很清楚，李兰曾经暗恋过李得胜，可他最后选择了李凤。

"我心里苦着呢，你还老是帮他说话。"李观埋怨道。

"想要得胜拒绝别人的劝酒，我有一个好办法。"李兰神秘兮兮地说道。

"什么好办法？快说吧，别卖关子了。"李凤急切地追问。

李兰凑近李凤，轻声细语地如此这般说了一番。

李凤想，得为我的幸福生活赌上一把。于是，她咬咬牙，花了五万元买了一辆"必达"牌小车。当她满心欢喜地把车钥匙交到老公手中时，他却满脸怀疑。

"你哪来的钱？"他紧皱着眉头，眼神中充满了疑惑。李凤没有正式工作，是个网络写手，完全靠稿费生活。结婚之后，她不再像以前那样拼命码字了，手头自然也没多少钱，家里的开支基本上靠他的工资。

"是不是周明送的车？"老公质问道。周明是李凤的前男友，一个富二代。不管她怎么解释，他一口咬定是周明送的，说李凤给他戴绿帽子了，坚决不要她的车，还嚷着要跟她离婚。

李凤的泪水夺眶而出，连忙致电李兰，说她的所谓"好办法"，令她陷入了危机。

李兰立即去找李得胜。

"你老婆买车的钱是清白的，她一口气跟三个网站签了约，并拿到预付的五万元买车给你。为了这辆车，她必须没日没夜地码字！"李兰停了一下，盯着李得胜问，"你知道她为什么这样做吗？"

李得胜茫然地摇摇头说："不知道。"

"还不是为了你！你常去应酬，免不了要被劝酒。你要开车，就有理由拒绝劝酒的人。谁都担当不起醉驾的罪名啊！"李兰的语气中带着一丝责备。

李得胜听后，恍然大悟，急忙跑回家。看到李凤正坐在沙发上默默流泪，他走过去，缓缓地在她的身边蹲下，紧紧地握住她的手，哽咽着说："老婆，我错了。我不该怀疑你，以后我一定戒酒，好好过日子。"

从那以后，李得胜真的不再喝酒了，那辆"必达"车也成了他拒绝劝酒的有力"武器"，而李凤也继续努力码字赚钱。

◀ 你种的太阳花

三婶只去过儿子大明的新家一次，而后便再也没去过。

在老家，众人议论纷纷，都说大明不孝，嫌弃他那丑娘。三婶的模样确实有些吓人，村里哪家孩子哭闹不休，大人只要吓唬说："再哭就把你丢给丑三婶！"孩子保准立马止住哭声。

三婶长得丑，命运也不济。生下大明的第二天，丈夫就因车祸离世，肇事司机逃逸，她没得到一分钱补偿，年纪轻轻就成了寡妇。

大明到了上学的年纪，可小山村没有学校，去最近的学校，也得翻过三座大山，蹚过两条河。于是，他带着大明到镇上读书，租了间破旧的屋子，靠着卖菜和捡垃圾维持生计。

大明自幼就懂事争气，读书成绩十分优异。大学毕业后，他留在大城市工作，娶了城里的媳妇，还生了儿子，当上了科长，买了一套单位的集资房。老家的人都夸赞大明有出息。三婶跟儿子住还不到一个月，就回来重拾旧业，继续捡垃圾，大家都感叹三婶真是命苦到了头。

大明回老家，极力劝说三婶到城里与他同住。他讲得口干舌燥。奇怪的是，三婶就是不答应。

"你家楼高，妈有惧高症，住不了！"可大明住的只是三楼，并不高，大明怎么也想不明白母亲为何不愿跟他同住。

"妈，您惧高的话，我在河西租一间平房给您住。您要是不跟我走，我也不走了！"大明"扑通"一声跪了下来。源河把城市和乡村分隔开来，河东是高楼林立、车水马龙的繁华都市，河西则是乡村。

深知儿子倔脾气的三婶知道儿子说到做到。"好吧，妈跟你走！"她叹了口气，扶起跪在地上的儿子。

三婶在河西的出租屋里住下。住在河东的儿子不时带着孙子、媳妇过来看望她。可三婶从不留他们吃饭，总是催促他们赶紧回去，好像生怕大明被别人看到似的。儿子家做了什么好吃的让她过去，三婶也不肯去。

闲不住的三婶就在河西附近捡些瓶瓶罐罐拿去卖。她依旧像在老家时一样，戴着大口罩，遮住大半张脸，只露出两只满是沧桑的眼睛。她知道，城里人制造的垃圾多，在河东捡一天垃圾挣的钱，比在河西捡一个月都多。可是，无论如何她都不会去河东捡垃圾，这个秘密只有她自己知道。

儿子很久都不来河西看望三婶了，只有孙子和儿媳偶尔过来一下。儿媳每次来都是匆匆忙忙，待不了几分钟就走。

"你爸爸好吗？"三婶悄悄把孙子拉到一旁问道。孙子说：

我在紫薇树下等你

"爸爸说他最近很忙，不在家，等忙完了就来看奶奶。"

"告诉你爸，他种的太阳花开花了！"三婶望着门前的太阳花，眼神有些出神。大明小时候就喜欢这种向阳而生的花儿，三婶也只种太阳花。到了河西，大明特意种了太阳花，每次来看母亲，他都给花浇水，就像回到了快乐的童年时光。

大明曾告诉儿子，太阳花象征着沉默却又炽热的爱意。

有一天，屋主过来收租时对正在吃早餐的三婶说："三婶，今天在医院见到一个人特别像您儿子。"

"他怎么了？在哪间医院？"三婶的心猛地一揪，急切地问道。

"他的头发都快掉光了，像是得了大病！"屋主并未察觉到三婶的脸色已经变得煞白。三婶手中的碗"咣啷"一声掉到地上，她顾不上自己之前立下的那些规矩，急忙奔向河东。

在医院里，她看到了骨瘦如柴的儿子。

原来，半年前大明就被查出得了癌症。他叮嘱妻子千万不能告诉三婶，还让她隔段时间就带着儿子去河西看望奶奶。他做化疗后，身体越来越瘦，头发也掉光了，害怕母亲担忧，一直瞒着她。

三婶知道真相后，内心满是愧疚与疼惜。她迅速退掉了河西的房子，搬到儿子家，还带了那盆大明种的太阳花过去。

"奶奶，您不怕高了吗？"三岁的孙子天真地问。

"奶奶的惧高症早就好了！"三婶说道。其实，她哪里有什么惧高症，那不过是她不想住在儿子家的借口罢了。

两年前，大明搬了新家，那天是她第一次到儿子单位的家属区。有两个大腹便便的男人从车上下来，三婶赶忙走上前去询问大明的住处。那两人一看到她，就像见了鬼似的满脸惊恐，还别过脸悄悄说："陈大明一表人才，怎么有个丑得像鬼似的娘！跟这样的丑八怪在一起，不做噩梦才怪呢！"这时，大明刚好从外面回来，忙向其中一个胖男人堆起笑容："周局长好！"

　　那一刻，三婶的心像被重重地捶了一下，她觉得自己就像个见不得人的累赘。看见儿子在那些人面前强装的笑脸，她的心里满是苦涩。她想，不能让儿子因为有长相丑陋的母亲而被城里人看不起。

　　从那以后，她就找各种借口不再去儿子家。可现在，看着病床上憔悴的儿子，那些曾经的顾虑都烟消云散了。

　　在照顾大明的日子里，三婶每天精心照料着那盆太阳花。她看着太阳花，就像看到了儿子顽强的生命力。太阳花总是向着阳光生长，儿子也在努力与病魔抗争。她从太阳花身上汲取力量，默默祈祷儿子能像太阳花一样，战胜病魔，重新焕发生机。

　　大明的癌症是早期，幸好发现得早。在三婶的悉心照料下，大明渐渐恢复健康。看着母亲忙碌的身影，他心中满是感动。

　　大明出院后，三婶同意搬来与儿子同住，还特意把他种的那盆太阳花放在阳台上。怒放的太阳花色彩明丽，生机勃勃。孙子也喜欢上太阳花，抢着给它浇水，三婶觉得生活就像这太阳花，充满活力和希望。

◀ 曾夫这个男人
....

曾夫最近陷入了麻烦的泥沼。妹妹曾丽结婚多年没有生育，他抱回一个婴儿给她。

老婆像发了疯似的指点曾夫的鼻子骂，"这么巧就让你碰上了！我看这孩子是你跟哪个女人生的吧！这孩子越看越像你！人家当官的，老婆有花不完的钱；你当官，我却像个叫花子，天天上街摆摊，都快喝西北风了。我说你怎么老是没钱，原来是在外面养了女人！"

老婆这一吵闹，事情便如长了翅膀般传开了，掀起了惊涛骇浪。此事让计生局局长玉铃高兴不已。"曾夫啊，曾夫，看你平时一本正经的，没想到也做出这种偷鸡摸狗的事。再说，没有合法的收养手续，就是违反计生政策，这次我要让你吃不了兜着走！"去年，有人举报玉铃办第二胎准生证有受贿行为，她被纪委请去"喝茶"。曾夫作为纪委书记，又是他的同学，在这件事上一点情面也没留。玉铃上面有人，此事才得以不了了之。

玉铃派人到曾丽家查婴儿的来历，曾夫不得已说出婴儿出生的医院。玉铃到那家医院查，证明属实，母亲名叫李花。

"那女孩长得很漂亮，很斯文，像个大学生。"当天帮她接生的医生回忆道。

玉铃拿出曾夫的相片问："见过这个人吗？"

"就是他陪她来生小孩的。"医生肯定地回答。

玉铃像是中了大奖般兴奋，立刻把这个消息告诉了周配。他也曾被曾夫请去"喝茶"，差点在他手里栽跟头。于是两人决定联手对付曾夫。

"你抱回来的那个婴儿的母亲叫李花，对吧？李花是谁？"曾夫在纪委工作多年，查过无数人，没想到如今自己却被人调查。

曾夫一听，脸色瞬间变得煞白，他坚定地说："不认识李花。"

玉铃冷笑道："你还想装！你装作当代包青天，装作正人君子，蒙骗了多少群众，今天我就要揭下你的画皮！来人，带李花上来！"

李花被带进来后，一见曾夫，"扑通"一声跪下，泣声道："孩子还是让我带回去养吧！"

曾夫赶忙扶起她，说道："不，孩子我养。你回校读书，完成学业！"

玉铃审问李花，要她说出真相。

李花说，她是桃花村人，自幼是个孤儿，靠着百家饭长大。

她好不容易考上重点大学，却因没钱读书打算放弃，背着行李准备去南方打工。

"你去读书，学费我来想办法！"曾夫悄悄找到她。他是桃花村的扶贫干部，看到这样一个有潜力的孩子即将被贫困阻断前程，心中不忍。

她读大学的学杂费都是曾夫出的，曾夫还叮嘱她保密，不要声张此事。她感激涕零，无以为报，心中一直深感不安。作为一个穷学生，她觉得自己唯一能报答的资本就是年轻漂亮。一次曾夫来看她，她脱了衣服，想要以身相许。

曾夫急忙转过身去，说道："你这是干什么？快穿上衣服。你想报答我，就好好读书，做个有用的人！"

可是后来，李花还是遭遇了不幸。为了减轻曾夫的负担，她去给人当家教，谁知那个家长是个色狼，在饮料里放了药，趁机将她强奸了。她身子一天天变化，却不懂是怎么回事，还以为是自己胖了。直到一次生病去医院检查，才知道已经怀孕六个月了。

"你身体很虚弱，不能引产了。"医生无奈地说。

李花将这件告诉曾夫，问他怎么办好？

曾夫痛心疾首，说道："你请病假休学，先把孩子生下来再上学吧！这事不能让别人知道。"

听完李花的讲述，玉铃却冷哼一声："你的故事编得真感人！你以为这样就能为你的奸夫开罪吗？"

李花听了，一改之前的懦弱，大声说道："你不信，可以去查！没查清楚请不要用奸夫这样侮辱人格的词！"

最终，DNA 结果出来了，弃婴的确不是曾夫的儿子，他的生物父亲就是那个作恶的家长。

真相大白后，曾夫的妻子满脸愧疚地向他道歉，曾夫大度地原谅她，并给孩子办好相关手续，留给曾丽抚养。李花回到学校继续学业，曾夫依旧默默地资助她。而玉铃和周配因为诬陷曾夫受到了应有的处分，曾夫则继续在纪委岗位上公正地履行自己的职责。

◀ 怪老头的秘密

　　我所住的那个小区，最近出现了一个怪老头。他身材矮小且黑瘦，那橘子皮似的脸上，一双小眼睛总是滴溜溜地转个不停。他在小区里东瞅西瞧，一会儿在花园角落里徘徊，一会儿又在楼道口张望，仿佛在搜寻着什么，行为十分可疑。

　　我顿时警惕起来。小区位置比较偏僻，又是开放式的，近来盗窃案、抢劫案频发，犯罪分子极为猖狂，光天化日之下竟敢抢劫，还能大摇大摆地进屋偷东西，且屡屡得手。无论是白天还是夜晚作案，歹徒总能成功逃脱，没有一件案子得以告破。大家报案，警察也立了案，但没有成功破案。

　　上个月，有个女人推摩托车进车库时，两个男人尾随而入，抢夺她的项链。她用手中的袋子打他们，却被两个歹人打成脑震荡，至今仍未苏醒。而我住在这个小区不到四年，就被偷了三次，抢了一次。我对这些歹徒可谓恨之入骨。

　　这个怪老头的出现，让我心中的疑虑越来越重。我偷偷跟踪他。每天清晨，他早早起来跑步、活动腿脚。这本是一件很正常的事情，可他那不停转动的小眼睛和鬼鬼祟祟的神情，总让我觉得他有不可告人的目的。

有一天晚上，我下班回家，在小区的巷子里又看到了怪老头。他躲在一个阴暗的角落，身体微微前倾，眼睛紧紧盯着前方。我的心一下子提了起来，难道他真的是在为盗窃团伙放风？我悄悄地躲在另一个角落，开始监视他。时间一分一秒地过去了，怪老头一动不动地站在那里，我的神经也紧绷着，大气都不敢出。到了 12 点钟，怪老头走了，我这才回家。

又有一个晚上，我特意提前回家，想看看怪老头到底在搞什么鬼。果然，我又在另一个小巷子里发现了他的身影。他似乎在等待着什么，时不时地看看手表。我认定他就是犯罪团伙的一员，只是我还没有找到确凿的证据。我甚至想过要不要报警，把我的怀疑告诉警察。但我又担心判断错误，给自己带来不必要的麻烦。

在一个没有星星也没有月亮的晚上，一个矮个子男人拿出工具正撬一户人家的车库，不远处还有一个高个子在东张西望。"不好，有小偷！"我又气又急，心中涌起一股冲上去捉拿他们的冲动。可一想到他们手中有刀，我的腿顿时软了。

"住手！"一声断喝响起，一个黑影猛地扑向撬门的矮个子。矮个子恼羞成怒，用手中的铁家伙向黑影抢去，高个子也急忙跑来帮忙，三个人瞬间扭打成一团。趁着黑影被打倒在地，两个歹徒赶紧逃跑，黑影却迅速爬起来紧追不舍，死死抓住高个子，大喊："快来抓小偷啊！"

小区有两个男人跑过来，与黑影一起对付两个小偷。

两个小偷被他们按倒在地上。我赶快报警。

警察把两个小偷带走了。借助灯光，我看清刚才那个黑影是谁了。就是怪老头！我惊讶不已。

看热闹的人走了，只剩我和怪老头。我告诉他，我曾经怀疑过他，问他为什么总在小区转。

怪老头缓缓告诉我，他住在乡下，原本不肯跟独生女儿来城里住，他觉得自己身体不好，不想进城拖累女儿。自从女儿被歹徒打成脑震荡后，他便和老伴来到了小区，发誓一定要抓住歹徒，为女儿报仇。

怪老头成了抓小偷的英雄，电视台记者还专门采访他，问他有什么心愿。他说，希望小区有人管管，大家住在这里安全，像他的女儿被打成脑震荡这样的事，再也不会发生。他的话引起市民的共鸣，也引起公安部门的重视，加大了对小区周边的巡逻力度，并通过各种线索逐渐锁定了一些犯罪嫌疑人。随着调查的深入，小区的治安状况有了明显的改善，盗窃和抢劫案件的发生率大幅下降。

后来，我得知怪老头年轻时曾在部队当过侦察兵。

第一辑　心灵叩击

◀纠结的同学聚会

去还是不去？自从收到同学聚会的邀请后，卢笛声便陷入了深深的纠结之中。

她是多么渴望参加这个聚会啊。犹记得高中毕业晚会，那是一个充满离愁别绪又满溢着青春热情的夜晚。教室里彩带飘扬，灯光柔和地洒在每一个年轻而充满朝气的脸庞上。身为文娱委员的笛声站在讲台上，她的目光扫过台下熟悉的同学们，心中满是即将离别的不舍。当她开始独唱《二十年后再相会》时，那悠扬的歌声仿佛是一把钥匙，打开了同学们情感的阀门。其他同学拍着手，和着节拍一同哼唱。笛声唱着唱着，往事如潮水般涌上心头，她泣不成声。有几个同学也跟着落泪，渐渐地，这种情绪在教室里蔓延开来，最后大家抱头痛哭。

"今天我们欢聚一堂，离别的笙箫悄然吹起，明天我们将各奔东西。二十年后我们再相聚，好不好？"班长黄强站了起来，声音带着一丝颤抖提议道。

"好！"大家像是达成了某种神圣的约定，异口同声，随后破涕为笑。

二十年的光阴，如白驹过隙。黄强他们精心策划这次聚会许久，还再三叮嘱笛声一定要参加，不能缺席。

然而，笛声看着卧在床上的丈夫，心中刚刚燃起的热情瞬间冷却下来。他们夫妻早已下岗，生活的压力像一座大山压得他们喘不过气来。只能靠打短工勉强维持生计的日子本就艰辛，屋漏偏逢连夜雨，丈夫去年遭遇车祸，失去了一条腿。他那空洞的裤管仿佛一个黑洞，吞噬了这个家庭所有的希望。如今，全家的希望都落在了笛声身上。她每天奔波于各种临时工岗位，身体的疲惫和精神的压力让她几乎喘不过气来。幸好儿子很争气，今年考上了重点高中。可儿子读书的学费该怎么办呢？一想到这些，笛声就觉得愁云密布，心头像是被一团乱麻紧紧缠绕。若是同学问起自己的情况，她又怎开得了口？还是不去吧！

"不行，你一定要参加！"电话那头传来黄强的声音，他的口气坚决，毫无商量余地。透过听筒，笛声似乎都能看到黄强皱着眉头，眼神中满是不容置疑的神情。

同学聚会安排在源河大酒店。当笛声踏入酒店大堂，那华丽的水晶吊灯洒下璀璨的光芒，光洁的大理石地面倒映着人的身影，悠扬的音乐在空气中流淌。同学们陆陆续续到来，大家的脸上洋溢着久别重逢的喜悦。报到、到母校参观、聚餐，整个行程安排得十分紧凑，同学们相聚得也很快乐。特别是笛声，她已经很久没有这般快乐过了。她努力让自己沉浸在这难得的欢乐氛围中，暂时忘却那些闹心的事。当同学问起她家的情况时，她总是嘴角勉强挤出一丝笑容，眼睛里却藏不住一丝慌乱，强颜欢笑地说很好。

开晚会的时候，大家玩起了游戏。

"我宣布游戏规则。这次我们设立了奖金，用于组织一个关心下一代成长扶持基金。我们班哪个同学的儿女考上重点中学或重点大学的，奖励三万元。今年有谁的孩子符合条件的吗？"

"有，笛声的儿子考上省重点高中呢！"黄强的话音刚落，叶小文就抢着说。小文以前跟笛声同桌，现在她们住的地方隔两条街，全班就她最了解笛声的情况了。小文的眼神里透着一丝欣慰，仿佛是为自己的好友能得到帮助而高兴。

"哗！笛声了不起啊，培养出这么优秀的儿子。"同学们纷纷竖起大拇指。

笛声从黄强手里接过那个大红包，她的手微微颤抖着，眼中瞬间蓄满了泪水。她强忍着，可泪水还是不听话地顺着脸颊滑落。

此刻，笛声的内心交织着复杂的情感。她既为同学们的这份情谊而感动，同学们那真诚的笑容、热情的祝贺仿佛是黑暗中的一束光，照亮了她内心最柔软的角落。但她又觉得受之有愧，自己的家庭困境像一个沉重的枷锁，而这份意外的帮助虽然解了燃眉之急，却也让她感到不安。她暗暗想着，以后该如何回报同学们这份善意呢？她也担心同学们会因为可怜她而给予帮助，这让她的自尊心像被尖针刺痛。但看着手中的红包，想到儿子的学费有了着落，她又感到无比的欣慰。这种矛盾和挣扎在她的心中不断翻涌，像汹涌的海浪撞击着礁石，让她的心情久久不能平静。

"感谢同学们！我代表我儿子感谢各位。我会鼓励儿子好好读书，做个有用的人，回报社会，感恩各位善心人。"有这样的同学，笛声觉得自己是如此幸运。她的声音有些哽咽，每一个字都饱含着真挚的情感。

"笛声无以回报，我给同学们唱一首歌吧。"笛声说。

"谢谢你，给我的爱……"她的歌声在房间里回荡，那歌声里有感激，有感动，也有对未来的希望。

◀我在紫薇树下等你

．．．．．．．．．．．．．．．．．．

父亲说，我降临人世的第一声啼哭，恰是紫薇花初绽的那个早晨。身为小学教员的父亲，便给我取了个满含诗意的名字——紫薇。

我成长于紫薇花的海洋里，村庄内外，紫薇树星罗棋布。我家的小院里，也种着两棵紫薇树。

有个清瘦的青年站在紫薇树下，称赞说："谁道花无红百日，紫薇长放半年花。"他身姿像风中翠竹，有清逸之感，双眸深邃明亮，似藏着万千星辰。

父亲笑着把他拉到我面前说："紫薇，这是你表姑妈的儿子凌云，快叫云表哥。"我羞怯地叫了声"云表哥"就跑开了。那时我十六岁，能感觉到云表哥目光如轻柔丝线缠绕着我，我心中一颗种子在他目光轻抚下萌芽。

云表哥比我大两岁，在联大读美术，身上有独特艺术气息。

他说："薇表妹，我给你画幅画。"然后从行囊拿出画画工具，搬椅子到树下。我拘谨地坐下，背后是盛开的紫薇花。

他像指挥家一样指导我摆姿势，轻轻捉住我右手，手指修长温暖且灵动，把我的手放到左手上，他是除父亲外第一个如此亲近触碰我的男人，我心像触电般战栗。他抬起我头，我看到他脉脉含情的眼神，心就乱跳起来。

"表妹，你真的很美！尤其是你的眼睛，恰似一泓清澈的秋水，仿佛藏着整个春天的秘密。"表哥拿笔的手停在半空，他就那样出神地凝视着我，目光里满是倾慕。

一朵紫薇花悠悠飘落，落在我的发间。"别动！"云表哥急忙抓住我伸向落花的手，缓缓放到他的唇边。他的唇温热而柔软，我的脸瞬间滚烫，心跳愈发急促，仿佛要冲破胸膛。

快乐的时光总是转瞬即逝，假期如同指尖的细沙，不经意间便溜走了。

"薇，你在紫薇树下等我，我很快就会回来找你！"云表哥紧紧拥抱着我，那拥抱充满了不舍与眷恋。我紧紧握着他那细长而温暖的手，泪流满面，好似雨中的梨花。临别之际，我将一条亲手绣着两朵相依偎紫薇花的手绢送给了他。

云表哥走后，他的信如同一缕缕春风，吹进我孤寂的心田，成为我生活的精神支柱。

不久，抗战爆发，云表哥毅然弃学从军。

战火也蔓延到了我的村子，日军的空袭如同恶魔的咆哮。我弟弟和许多村民被炸死。我虽侥幸保住了性命，可双眼却渐渐失去了光明。我永远看不见云表哥了，这样活着有什么意思？我摸着墙想冲过去。

父亲及时制止我。他满是心疼与焦急："傻孩子，你虽然失去了光明，但还有希望啊！"他把一封信放在我手中，轻声说道，"云表哥又来信了，叮嘱你要好好活着，在紫薇树下等他回来。"

紫薇花几番开落，云表哥却始终没有消息。

又到紫薇盛开之时，有个低沉且富有磁性的男中音说："紫薇，我来看你了！"我激动得双手乱挥，摸索着向前，他温暖有力的手抓住了我。我以为是云表哥，语无伦次地问是不是他，仗是否打完，得知战争结束且他不再离开后，我满心欢喜。

他陪着我的日子很美好。我让他陪我重游曾和云表哥走过的地方，途中他向人打听西溪的路。我心想，战争太残酷了，云表哥声音变了，记性也差了，感觉他不像从前那般快乐，心中满是忧愁。

"紫薇，我要出一趟远门，要很久很久！"有一天，他对我说道。他的声音有些哽咽，一滴滚烫的泪水滴落在我的手上。

"你哭了！"我抚摸着他的脸，"别哭，不管你走多远，我都会在紫薇树下等你！"

那天，父亲兴奋地告诉我，有人愿意为我捐献眼角膜了。

手术非常成功，我重见光明，看到喜极而泣的父母。可是，没有云表哥的身影，紫薇花都已盛开，他却还未归来。

我问父亲："云表哥在哪里？给我捐眼角膜的人是谁？我要见他们！"

父亲神情黯淡地劝我："你刚做完手术，好好休息。"

我坚决地表示，见不到云表哥，我看见整个世界又有何意义？

我得知云表哥家在源河后，瞒着家人跑去打听。表姑妈捧着云表哥遗物，哭泣着说他早已牺牲在战场。遗物里有我送的手绢和他画我的画像。我不信，说云表哥后来还和我在一起，这时父亲来到姑妈家，说这是真的。

父亲慢慢告诉我，后来在我身边的不是云表哥，而是他的战友张威。战争很残酷，生命随时可能消逝。一次大战前，云表哥拿出我的相片和手绢对张威说，要是自己死了，让张威照顾我并把手绢还给我。战斗很激烈，云表哥为掩护张威牺牲了。

张威带着云表哥的遗物去看姑妈后，也到了我家。他看到失明的我，又怜又爱。我一直把他当成云表哥，他不忍心说出真相，就和父亲商量将错就错照顾我一辈子。他也爱上了我。

我不信地问父亲这是不是编的故事，他说不是。我又问张威在哪，他说带我去。

那是个偏僻荒凉的地方，杂草丛生快要把一座新坟淹没。树上昏鸦惊起，怪叫着飞走。墓碑上的照片是一个年轻英俊的男子。我满心疑惑想知道怎么回事。

父亲沉痛地对我说："残酷的战争不仅夺走了云表哥的性命，还使张威遭受厄运。和他一同归来的战友患上癌症、脑病等恶疾，很快去世了。医生说这是化学武器留下的后遗症。张威也不幸被染上了，可他为了省下钱给你，拒绝接受治疗，还立下遗嘱把自己的眼角膜捐献给你。"

我大喊一声"威！"就扑到他的坟上，哀伤悲痛的哭声在这片荒地上回响。乌鸦一直在空中盘旋着，仿佛也在为这段凄美爱情发出悲叹。

◀ 有一种爱，叫默契

"老公，帮我看一下《有一种爱，叫默契》这个稿子，我今晚要发给人家。"晓荷给老公曾凡发去短信。

"好的，老婆大人。"曾凡迅速回复。

张晓荷是个小有名气的作家，虽出道时间不长，但凭借文学硕士的扎实功底，加上天赋和努力，她的作品广受好评，还斩获了好几个全国性的文学大奖。这让她备受鼓舞，创作热情愈发高涨。

曾凡与晓荷是中学同学，两人虽读不同大学，却都是中文专业。和许多学中文的人一样，晓荷钟情浪漫，追求情调。嫁给初恋男友，携手相伴到老，在她看来是无比美好的事。怀着这份憧憬，她不顾父母反对，嫁给了家境悬殊的曾凡。

爱情是浪漫的，婚姻却是现实的。曾凡来自农村，每个月都要寄一笔钱给父母，节俭得近乎吝啬。晓荷从小生活在城市，家境富裕，花钱大手大脚。

"老公，今天是你生日，闭上眼睛。"晓荷从后面轻轻抱住曾凡的腰。

"快放手，老夫老妻了还搞这小动作。"曾凡不肯闭眼，把晓荷的手拿开。

"我们结婚还不到一年，咋就成老夫老妻了？亏你还是个读中文的，一点情调都没有！"晓荷嘟嚷着。

晓荷把生日礼物送给曾凡，又穿上自己新买的衣服，在他的面前转了一个圈，搂着他的脖子。

"才一千元。老公，好不好看？"

曾凡像被火烫了，推开晓荷的手，大声说："一千元？你知道这些钱可以做多少事了！够我父母一个月的生活费还有剩余！"

"你只知道心疼钱！你知道别人怎么评论你吗？说你不修边幅像个乞丐，根本不像一个大学教师！我花钱买衣服给你，好话没有一句，还招你骂。好心没得好报！"

两人你一言我一语吵了起来，还把往日的陈芝麻烂谷子都翻出来晒。脸皮一旦撕破，往后便再无顾忌。晓荷跑回娘家哭诉，曾经反对她和曾凡结合的母亲，这次却完全站在曾凡这边："没有争争吵吵怎么叫夫妻？曾凡本质不坏，你们需要时间磨合，不要动不动就拿离婚说事！"

母亲亲自送晓荷回她的小家。曾凡也借驴下坡，小两口又和好了。

晓荷在妇联工作，常常看到嚷嚷着要离婚的夫妻。她以此为原型写了一篇家庭伦理小说，投了稿。编辑很快回复说要留用此稿。不久，小说登了出来，好评如潮。晓荷深受鼓舞，笔耕不辍。有一篇小说得了大奖，获得万元奖金。曾凡的妹妹刚考上大学，晓荷帮她交了学费，还特意嘱咐她不要告诉曾凡。

"老公，我刚写好一篇小说，你帮我看看，有没有什么不妥的地方。我来炒菜。"晓荷解下老公的围裙，给自己围上。

曾凡自然看过晓荷写的小说，对老婆的才情佩服不已。他曾经也是文学青年，写了不少东西，可从来没有变成铅字。在晓荷面前，他有着男人的自卑。

看完晓荷的小说，曾凡暗暗惊讶，心想：这篇小说很多标点符号用错了，还有别字。老婆是怎么回事？

他顿时感到一种责任。

"谢谢你，老公！"看到曾凡用红色笔改过的稿子，晓荷由衷地说。此后，晓荷总是把写好的稿子打印出来，让曾凡帮她看看，还大夸他细心，文学功底好。

"老公，有家杂志约我写一篇家庭题材的情感小说，我正赶一部小说，忙不过来。你来写吧。"晓荷说。

"不行！"曾凡断然拒绝，"我会讲小说，但不会写。"

"有什么不行？你还是教中文的呢！你就当是帮我吧！"

曾凡硬着头皮写了，写好后署上晓荷的名字交给她。"写得比我还好，不愧是才子。"晓荷大为赞赏。这篇小说发表了，还获得大奖，署名是曾凡。他这时才知道，这是一个级别很高的全国性征文活动。如果晓荷事先跟他说清楚，他绝对没有胆量参加。

有记者采访曾凡："晓荷说，她写的小说都要先给您过目，您修改后才敢拿出来。没有您就没有她今天的成功，是您成就了她，是不是？"

曾凡觉得脸发烫。"不是！"他停顿了一会说，"其实是她成就了我！在我帮她校对文章前，她已经发表了不少作品。有这样的老婆我既骄傲，也自卑。她后来叫我帮她校对文字，我开始有点沾沾自喜。可我发现她犯的都是很低级的错误，比如标点符号用错，小学生都看得出。晓荷是个文学硕士，这样的错误以前都没犯过，她这样做是有目的的。"

"什么目的？"记者更感兴趣。

"我连作家写的东西都能挑出毛病，作家都信赖我，我是不是很厉害？其实，她是让我树立信心，走出自卑的阴影。"

记者听了曾凡的话，恍然大悟。

有一天，曾凡发现晓荷在偷偷学习理财知识。他十分惊讶，问她为什么。晓荷笑说："我得好好规划咱们的钱，这样既可以孝顺爸妈，又能偶尔浪漫。"曾凡看着晓荷，一股暖流涌上心头。他轻轻地握住晓荷的手，很有情调地亲了一下。

"老公，咱们的《有一种爱，叫默契》发表了。今晚庆祝一下！"晓荷附在他的耳边说。

第二辑

天地有情

◀ 桂花的突围

海角村的男人说，别看桂花生了两个孩子，二十又八了，可比那些 18 岁的姑娘还要嫩，嫩得掐得出水，水根那小子真是艳福不浅。

艳福不浅的水根到深圳打工了，留下让男人流口水的桂花嫂和孩子在家。

村里一些男人，心思开始不那么单纯。日福说自家水井有问题，要来桂花家打水；日宝称盐用完了，过来借盐。村里的光棍们，甚至一些并非光棍的男人，常借口到桂花家看电视。桂花家的小客厅挤得满满当当，来晚的只能站在门外。

大家都是乡亲，桂花不好赶人。她还会拿出水果、饼干招待大家。可这些男人却渐渐没了分寸，嘴里开始说些不三不四的话。"这桃子，像咱桂花呢！"他们眼神不怀好意地在桂花身上游移，脸上挂着让人不舒服的笑。桂花嫂只能笑骂着让他们别乱说话。

孩子第二天还要上学，他们还不早，桂花得下逐客令。可日宝总是磨磨蹭蹭最后一个走，趁没人还会在桂花嫂脸上摸一把，说些轻薄的话："没男人多可怜，我陪你睡吧！"桂花嫂愤怒地打下他的手，把他推出门去。

村里的女人们开始对桂花嫂有了看法，看见她就满脸不屑，还往地上吐口水，骂她是勾男人魂的妖精。这让桂花嫂很是委屈，她不过是待人热情些，却被如此误解。

从那以后，每到晚上，桂花嫂早早便关上门。夕阳的余晖刚刚隐没于地平线，她就开始在屋子里穿梭，仔细地检查着每一扇窗户是否关紧，每一道门闩是否插牢。那木门发出的"吱呀"声在寂静的院子里格外清晰，仿佛是她与外界隔绝的宣告。听着外面逐渐归于平静的声响，偶尔传来的几声犬吠或者邻居的低语，都让她的心微微颤动，眼神里满是无奈与疲惫。不管谁来敲门借东西或者有何事，她都不再开。村里的人觉得她心肠太硬，渐渐都不理她了，连小孩子都不和她的孩子玩耍，桂花嫂在村里变得十分孤独。

她想跟水根去深圳打工，可水根说深圳房价太贵，他住的是十几个人合租的郊区房子，转身都能碰到别人，根本没法带她去。桂花嫂只好继续留在海角村当留守女人。

有一晚，女儿突然发烧，烫得厉害。桂花嫂心急如焚，可家离镇卫生所又远。她想到日宝的姐姐在卫生所工作，犹豫之后，还是让儿子去找日宝帮忙。日宝赶来后，连夜把她女儿送到了卫生所。

女儿病好后，桂花嫂很感激日宝，杀了家里正在生蛋的芦花鸡，备好酒，请日宝过来。这之后，那些光棍又开始来桂花家看电视，又像以前一样开些荤段子玩笑，还悄悄对桂花动手动脚。尤其是日宝，仗着桂花嫂对他有感激之情，更加放肆。桂花嫂心里十分厌恶，却又怕被说忘恩负义，只能默默忍受。

村里的女人们看到光棍们又在桂花家进出，又开始对桂花嫂指指点点。桂花嫂实在不堪其扰，她想到村里长辈们都很重视名声和规矩，于是找到村里德高望重的德爷，向他诉说了自己的委屈。德爷听后，严厉地批评了那些光棍，并在村里公开强调要尊重女性，维护良好的村风。

从那以后，那些男人收敛了很多，桂花嫂的生活也渐渐恢复了平静。她用自己的努力，慢慢改善着和村里人的关系，孩子们也重新有了小伙伴一起玩耍。

没多久，日宝又来她家了，又想动手动脚。桂花想起小时候奶奶讲的故事，有了主意。"我宰鸡，你留下吃饭。"日宝听了，像拾到宝一样高兴。她拿出一只鸡，拔掉脖子上的毛，用刀在鸡脖子上划了一下，鸡血滴在碗里，叫日宝帮忙拔鸡毛。然后，她神态怪异地端着那碗鸡血进厨房。他觉得很奇怪，跟着她进去，结果看到她用舌头舔碗里鲜红的鸡血！

"鬼啊！"日宝吓到屁滚尿流，撒腿就跑。从此，他不敢再来骚扰桂花，见到她掉头就跑。桂花听奶奶说过吸血鬼的故事。吸血鬼喝人血，也喝动物的血。很可怕。她本来就有晕血症，故意舔鸡血，是下了好大的决心，也让她恶心了很久。但为了对待无道德的人，只能用这种办法。

◀爱情之蛊

　　李蓉在商场遇到表哥和黄荣，被他们拉去吃饭。黄荣见到李蓉，还是那句："娶不到你是我终身的遗憾！"哪怕当着表哥的面也毫不避讳。

　　十年前，他们同在民政局工作，黄荣对李蓉的迷恋众人皆知，大家都戏谑为"黄蓉恋"。李蓉曾无意说想吃番薯，第二天黄荣就从乡下挖了百多斤番薯，扛到她八楼的家。

　　然而，李蓉最后嫁给了局长的儿子。黄荣得知后，不吃不喝，像丢了魂似的躺在床上，任谁劝都无济于事。老母亲从乡下赶来，跛着脚跪在他床前，那一刻，他的心仿佛被撕裂。

　　黄荣后来辞了职。这十年里，李蓉只是偶尔从旁人那听到他的消息，知道他做生意起起落落。

　　这次相遇后，黄荣说带他们去他的种植园看看，摘些新鲜水果。表哥很是兴奋，李蓉脑海中也浮现出鸟语花香的画面。

　　他们坐上黄荣的宝马，黄荣硬拉着李蓉坐在副驾驶。来到桃花村，这里大半田地被黄荣租下。种植园里种着风景树、水果、水稻等，四周环绕着开花的树，还有一群鸡在看场人住的房子前觅食，狗汪汪叫着。看场人笑着对李蓉说："老板娘也来了。"李蓉忙解释不是。黄荣过来挽住她："你本来就应该是！"

黄荣介绍说去年卖掉的树已回本，剩下的就是赚的，一棵鸭脚梨能卖一百元，这里种了几千棵，他还打算再租桃花村另一半的地，并邀请他们参股。表哥忙说有兴趣，李蓉却未表态。

天下起雨，他们回屋躲雨。不知何时表哥和看场人都离开了，屋里只剩下他们俩。黄荣突然转身抱住李蓉，李蓉用力挣开，就像十年前，无人时黄荣悄悄拥抱她一样。

黄荣说："蓉，如果当年我勇敢一点，你就是我的人，你就逃不了。"李蓉回应："黄荣，幸好你当年不勇敢，要不我会恨死你的。"黄荣又像个孩子般伸出手："蓉，我冷，你就不能抱抱我吗？"李蓉想起当年他扛番薯的情景，心中五味杂陈。

李蓉和局长儿子的婚姻并不美满。她一直对军人有好感，当初被局长儿子的表象迷惑，婚后生活充满矛盾，最终两人协议离婚。

黄荣再次向李蓉求婚，李蓉拒绝了。她觉得自己离过婚还带着女儿，配不上黄荣。她也不想让黄荣觉得自己是嫌贫爱富，现在他有钱了才答应。

李蓉把刚大学毕业的侄女婷介绍给黄荣。饭桌上，婷对黄荣满是好感，可黄荣表现得很礼貌。吃到一半，李蓉找借口离开，随后黄荣就打来电话："你乱做什么好事！我爱的是你，十年前是，现在也是，将来也是。我这么多年不结婚就是等你！"李蓉听后泣不成声。

后来他们送化肥到桃花村，走在后面的李蓉突然惨叫，一条蛇窜出咬了她一口。黄荣毫不犹豫地扑过去，用嘴吸伤口。李蓉赶忙推开他："别吸啊！这样危险。"黄荣却坚持着，一口一口地吸，又一口一口地吐出来，脸色渐渐发黑。

李蓉赶紧打电话求救。医生说这是剧毒蛇，幸好送医及时。

经过这件事，李蓉重新审视自己对黄荣的感情。她发现这么多年，黄荣一直在她心里。而黄荣醒来后，看到守在床边的李蓉，两人相视一笑，过往的种种误会和纠结都烟消云散。

李蓉说："经历了这么多，我才明白自己的心。"黄荣紧紧握着她的手："蓉，我们再也不要分开了。"

在亲朋好友的祝福下，他们举行了婚礼。

新婚之夜，李蓉含情脉脉地对黄荣说："据说被毒蛇咬过会有后遗症的。"黄荣笑着回应："那是种下了蛊，一个死了，另一个也会毒性发作身亡。我们相伴一生，让这个后遗症成为我们爱情的见证。"

◀ 心潮湿了

丽站在窗前，望着窗外那棵老槐树，斑驳的树影在地上摇曳，就像丽此刻凌乱的心。"这样做夫妻有什么意思？离婚！"丽的声音带着一丝决绝，却又隐藏不住那深深的疲惫和失望。

曾经，丽也是个怀揣着浪漫梦想的女孩，对婚姻充满了美好的憧憬。刚结婚的时候，丽以为他们的生活就像那些爱情小说里写的一样，充满了甜蜜和惊喜。可是，随着日子一天天过去，丽发现现实和理想之间的差距越来越大。

老公叫进，总是笑眯眯的，在别人眼里是个老好人。可在丽看来，这个老好人却渐渐成了丽生活中的一种无奈。进不理家事，每天回到家就坐在沙发上看报纸或者看电视，对家里的琐碎事务仿佛视而不见。丽还记得有一次，厨房的水管漏水了，水在地上蔓延开来，丽焦急地叫进来帮忙，可进却只是慢悠悠地从沙发上站起来，眼睛盯着电视屏幕，脚步机械地挪动着，走到厨房门口时，还被门槛绊了一下，差点摔倒。进站在那里，眼睛愣愣地看着地上的水，就像在看一个与自己无关的场景，过了好一会儿才说："等会儿，我看完这一段新闻。"那一刻，丽的心就像掉进了冰窖。

进的古板也让丽难以忍受，在生活的各个方面都体现得淋漓尽致。每次出门逛街，丽试衣服的时候问进好不好看，进总是木讷地站在那里，眼睛直勾勾地看着丽，然后从嘴里挤出几个字："嗯，还行。"那表情就像是在回答一个无关紧要的问题，没有任何情绪波动。丽要是追问哪里好看或者不好看，进就会挠挠头，眼睛看向别处，结结巴巴地说："就……就那样呗。"

在他们的婚姻生活中，没有什么浪漫的约会，没有意外的小惊喜。每一个节日都平淡得像普通的日子，进似乎不懂得女人对浪漫的渴望。有一年的结婚纪念日，丽特意精心打扮了一番，做了一桌子进爱吃的菜，还买了一瓶红酒，满心期待着一个温馨的夜晚。可是，进下班回来后，看到满桌的饭菜，只是淡淡地说："今天怎么这么丰盛？"当丽提醒进今天是结婚纪念日时，进挠挠头说："哦，都忙忘了。"然后就像往常一样坐在餐桌前开始吃饭，那吃饭的动作也是一板一眼的，就像在完成一项任务，完全没有意识到这个日子对丽来说有多么重要。丽当时强忍着泪水，心中的失望像潮水一样涌来。

丽觉得自己就像个活寡妇，守着一个看似完整却毫无温度的家。丽承认进是个老好人，对朋友仗义，对邻居也很友善，但老好人不一定就是好丈夫。这种想法在丽心里越来越强烈，就像一颗种子长成了参天大树，再也无法忽视。

"说心里话，我不想离婚。如果你坚持要离婚，那我成全你！"进的声音有些低沉，眼神里带着一丝落寞。

以前丽也多次吵着要离婚，每次都是在愤怒和失望中提出，最后却总是不了了之。那些争吵就像暴风雨，来得猛烈，去得也快。但这次，丽不想再心软了，想要来个快刀斩乱麻，彻底做个了结。

丽转身走到书桌前，从抽屉里拿出一份早已起草好的离婚协议书，然后重重地丢在进的面前，像是丢下了这段沉重的婚姻。

"签名吧！"丽的语气冷硬，眼睛里没有一丝温度。

"协议书不公平，不能签！"进皱着眉头说道。

不公平？丽心里一阵冷笑。丽只要孩子和那套仅值 30 万元的二手房，家里其他东西一律给进，外加赔他 10 万元。丽觉得自己已经做出了很大的让步，天底下哪有像她这么慷慨的女人？这个平时看起来老实古板的男人怎么突然变得这么贪婪？丽恨恨地想。

"对你不公平。买房子的时候花光了我们全部的积蓄，你到哪去凑钱给我？你跟孩子拿什么生活？你如果决心离婚，请重拟一份对你公平的协议书，我随时签名！"进说完，深深地看了丽一眼，然后关上门出去了。

丽呆呆地站在那里，望着那扇被关上的门，心中五味杂陈。丽原本以为他会毫不犹豫地签字，或者会为了财产和丽争吵一番，可他的反应完全出乎丽的意料。丽开始回忆起他们过去的点点滴滴。

丽想起刚结婚的时候，虽然日子过得并不富裕，但进总是努力工作，把工资都交给丽保管。有一次丽生病住院，进日夜守在丽的床边，眼睛里满是担忧和关切。还有，孩子小的时候，进虽然不太会照顾孩子，但只要有空就会陪着孩子玩，那时候孩子的笑声充满了整个家。

丽又想起自己在这段婚姻中的付出。为了照顾家庭，丽放弃了自己喜欢的工作，全心全意地投入到家庭琐事中。丽每天早起为家人准备早餐，晚上等进和孩子都睡了，还要收拾家务。丽的生活被家庭琐事填满，渐渐失去了自我。丽开始觉得自己的不满和抱怨似乎也有些片面。

丽坐在沙发上，手里拿着那份离婚协议书，心情变得复杂起来。丽的心像是被什么击中了，先是一愣，随后一阵愧疚涌上心头。丽想起了丈夫平日里那些默默的付出，眼眶渐渐湿润了，手中的协议书变得无比沉重。

丽站起身来，慢慢地走到垃圾桶旁，把那份协议书撕掉。她决定等进回来，好好地和他谈一谈，重新审视他们的婚姻关系。

◀ 命运之手

阳光轻柔地洒在大地上，给公园披上了一层温暖的金色外衣。我和叶青手牵着手，漫步在公园的小径上，享受着这难得的宁静与惬意。大四的我们，被毕业论文和找工作的双重压力紧紧包裹着，像这样出来公园游玩，已然变成了一种奢侈的享受。

微风拂过，树叶沙沙作响。突然，一个色彩鲜艳的小皮球欢快地滚到了叶青的脚下。"姐姐，我的球球。"一个三岁左右的小女孩如小精灵般跑了过来。她扎着两个可爱的蝴蝶结，红扑扑的脸蛋像熟透的苹果般惹人喜爱，那纯真无邪的眼神仿佛能融化世间的一切。叶青弯腰温柔地把皮球捡起来递给小女孩，女孩甜甜地说"谢谢"，接着就在叶青的脸上"啵"了一口。叶青也满含爱意地在她的小脸上亲了一下。

"她真可爱！"小女孩蹦蹦跳跳地走远了，叶青还是恋恋不舍地望着她的背影，眼神中充满了温柔与憧憬。

"青青，我有一个很严肃的问题要跟你说。"我轻声说道，声音中带着一丝期待。

"说吧。"叶青转过脸，眼神中带着一丝好奇，可很快又望向那个离开的小女孩，仿佛被那小小的身影勾走了魂。

我伏在她的耳边，轻声说："将来咱们也生一个这么可爱的女孩。"叶青的脸颊微微泛红，眼神中闪着憧憬的光芒。

我们开始幻想未来孩子的模样。叶青微笑着说："我给她梳各种漂亮的小辫子，给她穿上可爱的小裙子，把她打扮得像个小公主。"我笑着回应："我带她去公园玩，教她踢足球、放风筝，让她成为一个活泼开朗的孩子。"叶青的眼睛亮晶晶的："我们还要一起给她讲故事，陪她画画，看着她一点点长大。"我点点头，心中满是对未来的期待："等她长大了，我们就送她去最好的学校，让她接受最好的教育，成为一个有知识、有爱心的人。"

一个月后，叶青却向我提出分手。这如同晴天霹雳，我瞬间陷入困惑与痛苦之中。我和她一直是校园里公认的"天仙配"，两人的感情如胶似漆。我不明白她为什么会突然做出这样的决定。

"别问为什么！"叶青神情黯然，眼中闪着泪光。不管我怎么追问，她就是不肯说出原因。问得多了，她就默默地流泪，那泪水如同断了线的珠子，一颗一颗砸在我的心上。

毕业后，叶青很快跟一个离过婚、带着两个孩子的有钱老男人结婚了。这个消息让我震惊不已，我是大家公认的帅哥，她的选择简直是对我的侮辱。"物质女！"我恨透了叶青。

时光荏苒，10 年过去了。在这漫长的岁月里，我经历了人生的起伏。我努力工作，试图用忙碌来掩盖内心的伤痛。然而，那个曾经的谜团却一直萦绕在我的心头，让我无法释怀。

一次，我偶遇了叶青当年的密友陈英。在一家安静的咖啡馆里，我们相对而坐，回忆起过去的点点滴滴。当我提起那个困扰了我 10 年的谜团时，陈英沉默了片刻，然后缓缓地说出了真相。

原来，那次从公园回来后，叶青因为痛经去看医生。医生告诉她，由于先天不足，她将来可能不能生育。而我又是那么喜欢小孩，叶青陷入了深深的痛苦之中。她爱我，却不想因为自己的问题耽误我的未来。经过痛苦的思考，她选择了分手。

结婚后不久，叶青发现自己怀孕了。她又欢喜，又痛苦。欢喜的是，她能当母亲了。痛苦的是，这个孩子的父亲不是我。"老天爷，你太残酷了！"尽管痛苦，她还是选择跟老男人在一起。

陈英讲完，问我有什么感受。"祝福她。"我平静地说。这是我的真心话，我已风轻云淡。

"叶青的老公出轨，他们离婚了。现在她单身了，你也单着。"陈英放下手中的咖啡杯，盯着我问，"想不想再续前缘？"

我的内心起了波澜，跟叶青结婚、生漂亮的孩子曾是我的梦想。可是……

陈英见我不说话，只是不断地喝咖啡，便说："我是受叶青之托特意来找你的，她过去爱你，现在还爱你。以前你们有误会，错过了，现在可要抓住机会。你还爱她吗？"

我以为已经死的心，此刻被激活了。我承认我还爱着叶青。我正想说"愿意与她再续前缘"时，急性子的陈英抢先说了："叶青说你喜欢孩子，她一定给你生孩子。"

瞬间，我像被火烫着了，手中的杯子抖了一下，咖啡溅出来。

"分开了，爱也没了。一切随风吧！我祝她找到爱她的男人。"我说。陈英一连问了几个为什么，我都沉默不语。因为，这涉及男人的尊严，我更不愿意叶青再次受到伤害。

五年前，在一场激烈的足球赛中，我被踢破下身，晕死过去。医生说我将来不能生育了，而叶青是那么想给我生孩子。

◀ 江南情殇

　　春风轻拂，西子湖畔碧波荡漾。苏公子与一群友人乘船游览，吟诗作画，对酒当歌，好不惬意。仿佛这世间的烦恼都被这湖光山色所消融，只留下无尽的快意与洒脱。

　　突然，他们的船与另一艘画船相撞，只听得"砰"的一声，打破了这宁静的美好。一个丫头模样的女子气冲冲地出来，责怪他们撞坏了画船。苏公子连忙出来打圆场，温文尔雅地说愿意赔偿。

　　"小翠，不得无礼！"船里传来一声轻喝。紧接着，一个婉丽的女子缓缓走出。苏公子抬眼望去，瞬间惊为天人，呆立船头，半晌回不了神。有人轻声告诉他，她是江南名伎王美美。

　　自此，苏公子成了醉春楼的常客。他沉醉于王美美的色艺俱佳之中，那婉转的歌声，婀娜的舞姿，还有那秋水般的眼眸，都让他如痴如醉。而王美美也倾心于他的风流倜傥，才华横溢。一对才子佳人，两个痴情人，整天如胶似漆，难舍难分。

苏公子之父为朝廷命官，多次来信催他回京城，可他都置之不理。他的心里，满满的都是王美美。

"苏公子还是回去吧！莫叫令堂担忧。"王美美善解人意，眼眸中却流露出一丝不舍。

"我带你回京城，好不？"苏公子满怀期待地看着她。

"不好！"王美美的回答虽轻，却如重锤一般砸在苏公子心上。他万万想不到这等美事，她居然拒绝。

"你不跟我走，我便不回京城！"苏公子态度坚决。

两人不欢而散。好姐妹劝王美美："难得有情郎，而且还是如此重情重义的情郎，你是几世修来的福分啊！"

王美美听说苏公了因为她而绝食，已气若游丝。她感动极了，最终答应跟他回京城。

回京城那天，烟雨蒙蒙，整个江南都笼罩在一层朦胧的水汽之中。苏公子满心欢喜地在约定的地方等待王美美。

时间一分一秒地过去，却始终不见王美美的身影。苏公子的心渐渐沉了下去，他焦急地四处张望，不断地在人群中寻找那熟悉的倩影。

有一个身影在远处的街角一闪而过。那身影如此熟悉，苏公子心中一动，连忙追了过去。随着距离的拉近，他的心也越跳越快。

那熟悉的身影正是王美美！

"美美！"苏公子激动地呼唤着她的名字。王美美停下脚步，缓缓转过身来。她的表情复杂，有喜悦，有无奈，还有深深的眷恋。

"苏公子……"王美美的声音有些颤抖。

"你怎么才来？我等了你好久。"苏公子快步走到她身边，紧紧地握住她的手。

王美美轻轻挣脱他的手，低下头，泪水在眼眶中打转。"苏公子，我……我舍不得离开江南。"

"为什么？我们不是说好一起回京城的吗？"苏公子满脸疑惑与痛苦。

王美美沉默了片刻，然后缓缓抬起头，看着苏公子的眼睛说："我知道我们身份悬殊，我怕到了京城会给你带来麻烦。而且，这里有我的回忆，有我的根。"

"不，美美，我不在乎身份悬殊。只要我们在一起，什么困难我都能解决。"苏公子坚定地说。

王美美摇了摇头。"苏公子，你回去吧。忘了我吧！"说完，她转身就要离开。

"自古戏子无情，儿啊，回去吧！"苏大人不知何时出现在他们身后，强行把苏公子带回京城。苏公子对美美又爱又恨。

三个月后，回到京城的苏公子实在无法忍受心中的思念与疑惑，悄悄回江南找美美，要问她为什么这么绝情。

得知王美美已削发为尼，苏公子找到她出家的庵堂，迫切地要见其一面。可王美美却不肯见他。

"苏施主，请回去吧。美美已不是原来的美美了！"一尼姑传话。

"美美，你好狠心！"苏公子悲愤交加，声音在庵堂外回荡。

躲在远处的王美美，望见苏公子怅然离开的身影，泪如雨下。尼姑问王美美："为何不想与苏公子回京城？"

王美美告诉尼姑，苏大人找到她，给她两条选择："你跟公子断绝关系，这箱珠宝归你；要不就出家断了红尘念想。"

王美美选择了青灯木鱼，在寂寞的岁月为心上人默默祈福。而苏公子，带着满心的伤痛回到京城，那江南的烟雨，那美丽的女子，都成了他心中永远的痛。

◀ 上官小姐

．．．．．．．．．．．．．．．．．．．．

这天，是上官富独生爱女上官小姐的十六岁生日。宾客盈门，热闹非凡，可随着宾客渐渐散去，偌大的宅院里只剩下上官小姐和贴身丫鬟小翠。月光洒在庭院里，本是个美好的夜晚，可上官小姐却愁眉不展，在房间里来回踱步。

今日周财主托媒人前来提亲，上官富竟毫不犹豫地应允，且过不了几日就要下聘礼了。她心中纵有一千个一万个不愿意，却也无法改变父亲的决定。

此时，月被乌云遮去了光芒，外面的世界陷入一片漆黑，狂风呼啸着，树木像是被无形的大手肆意摆弄，东倒西歪，如同醉汉一般。

突然，一个黑影如鬼魅般闪进上官小姐的房间，未等小翠反应过来，黑影便一掌击晕了她。蒙面人见到上官小姐，一时激动，竟一把搂住她。上官小姐又惊又怕，奋力挣开："快放手啊！"蒙面人这才如梦初醒，赶忙松手。他慌乱地把房间弄得凌乱不堪，又用布堵住小姐的嘴，然后挟着她仓皇出逃。

张大嘴是上官家的家丁，今夜许是吃多了，半夜闹起肚子来。他刚到屋外解手，便在夜色中看到两个黑影匆匆往外跑。他本就是胆小之人，这一下可吓得不轻，未及出恭的秽物直接拉在了裤子里，臭气熏天。可他顾不上这些，提着裤子边跑边喊："有小偷啊！抓小偷啊！"他这大嗓门，声音传出去几公里都不成问题。这一喊，上官宅院的人都被惊醒了。

众人手持棍棒铁器围了过来，借着微弱的光亮，众人看清了。"是小姐！"大家皆是一愣。

"放下小姐，不然有你好看的！"一个大汉用棍棒指着蒙面人喝道。

"你们快快闪开，不然我就杀了她！"蒙面人把刀子架在上官小姐的脖子上，声音中透着紧张与慌乱。

上官富见状，使了个眼色："给他让路！"蒙面人挟着小姐慢慢退到门口。突然，有人从后面偷袭，点中蒙面人的穴位。他像触电般，手脚瞬间酸软无力，刀子也掉落在地。旁人趁机把小姐拉走。

"给我往死里打！"上官富气得满脸通红，怒吼道。几个大汉一拥而上，围着蒙面人便是一阵拳打脚踢。

"上官家的小姐你也敢动？真是胆大包天，竟敢在太岁头上动土！"上官富暴跳如雷。

"堂堂上官家的小姐三更半夜被毛贼挟持，这要是传出去，我们上官家的颜面何存？"上官夫人说。

"你们住手，不准打他！"上官小姐大喊着扑上去，用身子挡住蒙面人。

"女儿，你疯了？"上官富怒不可遏，女儿当众袒护劫匪，这实在是太过分了。

"回屋里再说。"上官夫人觉得事有蹊跷，赶忙打圆场。

一进屋，上官富余怒未消，抬手就给了小姐一巴掌："说，你为什么当着众人落我的面子？你们是不是认识？你跟那个劫匪是不是事先约好的？"

上官夫人忙挡在小姐身前："女儿，你今晚确实太出格了，也难怪你爹生气。"

"爹爹您才是不讲信用，言而无信，您怎么就没想过丢面子？"上官小姐眼中含泪，却不甘示弱，"是您逼我们这样做的！"

"胡说！"上官富气得浑身发抖。

"爹爹还记得，您当年的好朋友卢俊吗？您说的劫匪就是卢公子！"

上官富和上官夫人听闻，顿时面面相觑，脸上满是惊愕。

想当年，卢俊也是当地的富贵人家。上官富为了富上加富，强强联手，主动与卢俊结为儿女亲家。

只是，上官小姐与卢公子从未见面，他们怎会弄出今晚这一出？上官富怎么也想不到，他们早就相识了。

那是桃花盛开的时节，十五岁的上官小姐瞒着爹妈，跟着奶妈悄悄去逛庙会。那是她第一次来到如此热闹的地方，心中满是兴奋与好奇，眼睛忙不迭地左看右瞧。在一棵桃花树下，她不小心与一个少年撞了个满怀。

"对不起！"少年赶忙帮她捡起掉落的香帕。小姐娇美如桃花，少年风流倜傥，四目相对的瞬间，两人竟一见钟情，还互留了信物。

奶妈喜滋滋地告诉她："这个少年就是卢公子，与小姐有婚约的。"上官小姐满心欢喜，天天盼着爹爹早日为他们完婚。她害羞不好意思自己提，便让奶妈去说。哪承想，卢俊家道中落，上官富便嫌贫爱富，提出退婚，想要另攀高枝。卢俊见自家公子实在喜欢上官小姐，便找上门与上官富沟通，要他信守婚约。谁知，被他羞辱一番，赶出上官家门。

上官小姐知道后又气又急。卢公子知道明娶无望，便策划了这场私奔。

这晚，卢公子被上官家的家丁打得奄奄一息，因伤势过重，最终不治身亡。

上官小姐听闻噩耗，先是一阵沉默，随后发出两声凄厉的怪笑，笑声在寂静的宅院里回荡。从此，她便失了心智，疯疯癫癫起来。后来，不见其踪影。上官家四处寻找小姐，无果。日子一天天过去，上官家的庭院依旧豪华，只是少了小姐的欢声笑语，多了几分阴森与落寞。

有人说，在一个月色黯淡的夜晚，看到上官小姐吊死在了和卢公子相遇的那棵桃树下。那桃花依旧盛开，只是树下的人儿却已香消玉殒。也有人说，在念慈庵见到一个尼姑，她目光呆滞，眼神中却透着哀伤，很像上官小姐。那尼姑每日只是诵经祈福，仿佛在超度，又像是赎罪。

◀ 雷歌之缘

　　黎妹是海头村村长黎头的女儿，她的美犹如海边盛开的一朵娇艳的花，清新脱俗，动人心弦，引得周围的后生们都为之倾心，上门说亲的人如同那海边的细沙，数不胜数。就连供销社主任的儿子李金也对她情有独钟，前来向黎家求婚。

　　可黎妹早已心有所属。她的心上人是雷歌团的小生柳毅。柳毅本名叫柳艺华，只因他在《柳毅传书》中的扮相英俊非凡，唱功了得，人们便都亲切地称他为柳毅。

　　黎妹的父亲坐在凳子上，吧嗒吧嗒地抽着大碌竹，烟雾缭绕中，一脸严肃。母亲则在一旁锉着番薯，嘴里不停地唠叨："人家李金哪点配不上你？你嫁给他，咱们家想买什么就有什么。"黎妹却一声不吭，只是默默地低着头。她的沉默让父亲大为光火，气得拿起大碌竹就朝着她打去，随后更是将她锁在了屋里。"你想嫁柳毅那戏子，除非雷州半岛不打雷！"

　　雷歌，是雷州半岛人心中最爱的戏种。柳毅第一次来到海头村演出时，黎妹就被他深深地吸引住了。从此，他到哪演出，黎妹就跟到哪。那一片又高又密的甘蔗林里，藏着他们无数美好的回忆，他们在那里倾诉爱意，互诉衷肠。

黎妹不肯嫁给李金，被父亲关起来后，她一心只想逃出去找柳毅。终于寻得机会逃了出去，却被父亲发现抓了回来。

"你这死妹子竟然敢逃出去找那个穷戏子，看我不打死你！"父亲先是解下木屐朝着她打去，见黎妹不屈服，又举起大碌竹，狠狠地朝着她身上打去。黎妹紧咬嘴唇，双手紧紧护住肚子，任由父亲打骂，就是不答应嫁给李金。

"别打啦，打死就是两条人命！"母亲急忙挡住肚子微微隆起的黎妹。

无奈之下，父亲托人做媒，要把黎妹嫁给邻村的老光棍狗蛋。出嫁前一天晚上，黎妹偷偷逃到了常与柳毅约会的那片甘蔗林。他们曾在此相约私奔。她在那里等了很久很久，可柳毅却一直没有出现。最终，她还是被人又抓回了家。

时光匆匆，二十年过去了。黎妹在省艺术学校读雷歌班的儿子带回了一个如花似玉的姑娘。他们是在一次雷州歌演出中相识的。黎妹看着这个姑娘，总觉得她的眉眼间透着一种说不出的熟悉感。

"你是哪里人？"黎妹轻声问道。

"听爸爸说，我们老家也在雷州半岛，他后来到外地谋生了。"姑娘微笑着回答。

"你爸爸叫什么名字？"黎妹的心突然紧张起来，一种莫名的预感涌上心头。

"柳艺华。"姑娘的回答如同一声惊雷在黎妹耳边炸响。

"啊!"黎妹惊叫起来,"有你爸手机号码吗?"

"有!"姑娘将号码写在纸上,递给了黎妹。

黎妹回到自己的房间,双手颤抖着拨打柳毅的手机,心中五味杂陈,二十年了,他们音信全无。

"你是……是柳毅吗?"黎妹的声音微微颤抖。

"我不是柳毅,我叫柳艺华。"电话那头的柳毅声音也在颤抖,二十年了,第一次有人叫他当年的艺名。

"请问,你是谁?"

"我……我是黎妹?"

"黎妹!?"柳毅惊叫道,"你还……还好吗?"

"很好!那晚你为什么失约?"这是黎妹心中二十年的结,她一直渴望解开这个谜团。

"我去与你约会的那片甘蔗林,在半路,被你父兄抓走。他们打伤我的腿,要我永远离开雷州半岛。"

听到这里,黎妹泪流满面。命运的捉弄,让他们错过了二十年。那片甘蔗林里的青春岁月,仿佛又一次清晰地浮现在眼前。

◀雪国之恋

张莉生长在南方，从未见过雪，心中却对雪国充满向往。她在"同城游程"论坛发了个帖子："冬季到北方去看雪。"帖子里诉说着她对雪的渴望，渴望目睹雪的晶莹，体验雪花的快乐，希望能邀到同样爱雪的驴友共赴北国。

一个叫"雪之影"的坛友跟帖，赞她文字优美，还热心介绍看雪的好去处，附上"亚布力滑雪场"的图片。那图片里的世界仿若童话，雪的洁白与纯净瞬间俘获了张莉的心，她让"雪之影"继续发图，被"雪之影"笑称"雪粉"。

那年冬天，张莉和一群"雪粉"踏上北国之旅，也见到了"雪之影"——曾志。雪国的美景如同爱情的催化剂，他们的心在这片洁白中靠近，爱的种子悄然种下。

"雪国，我们还会来的。"他们相拥着，对着银装素裹的雪国呼喊。

次年春天，他们到四川旅游。车至山脚，突然"轰隆隆"巨响，山体滑坡，泥石砸向旅游车，车瞬间被掩埋大半。坐在车前部的旅客有人当场丧生。

曾志头部受伤，鲜血直流，却顾不上疼痛，拼命踢开车门，将张莉推出车外。紧接着，"轰"的一声，他和没来得及逃生的旅客被埋在泥石之下。

张莉在车外嘶喊，直到救援人员赶到。曾志在昏迷中听到有人哭着叫他，缓缓睁开眼，看到泪流满面的张莉和一旁的医生。

他伸手轻轻擦拭她的泪水，又把染血的手指放到嘴里吮了吮，打趣道："我对阎王爷说，人间有个姑娘在等我，快放我回去。阎王爷说，难得有情人，快回去吧。"

张莉破涕为笑："伤得这么重还有心情开玩笑。"

"不是玩笑，是真怕失去你！嫁给我！"曾志紧紧握住她的手。

"好。我们回去就结婚。"张莉羞涩颔首，偎入他怀中。

婚后三年，张莉和同事做的项目获奖，奖金到手，他们决定去旅游。

一路风光无限，张莉每到一处就想告知曾志。这天到了丽江，她刚要给曾志发消息，却发现手机不见了。她心急如焚，第一反应便是借同事手机联系曾志，免得他担忧。

电话接通，传来熟悉的声音："你是谁？"

张莉灵机一动，捏着鼻子，尖着嗓子娇嗔道："哟，靓仔，这么快就把我忘记了？我是咪咪呀，昨晚我们还在一起喝酒呢。"她想试探曾志，心中却也有些不悦，暗忖他是否趁自己不在与别的女子喝酒。

曾志似乎未听出异常，回道："昨晚跟我喝酒的女子多了，你是哪位？"

"你曾对我说，对我爱，爱，爱不完，爱我爱到骨髓里呀。"张莉继续装着陌生女子。

"我只对一个女子说过我爱她，那就是我老婆。"曾志的话如蜜般甜进张莉心里，她忍不住笑出声来，不再伪装："笨蛋！连我的声音都听不出。"

"原来是你呀。你这个小坏蛋，差点被你骗了。"曾志嗔怪道。

"幸亏你没做坏事，要不我不会放过你的。"张莉吃吃地笑。

"哼，我对你这么忠诚，你还借别人手机来查我？这么不信任我！"曾志有些不悦。

"我没有故意查你，只是手机丢了，借同事手机想告诉你一声，这是事实，信不信由你。"张莉声音里的温柔渐渐消失。

"你跟着几个大男人到外地游山玩水，离我千里之遥，谁知会发生什么事？我还没查你，你倒查到我头上来了。"曾志提高了音量。

"你平时在外面又是吃吃喝喝，又是洗头捶骨按摩。谁知会摸到哪里？常在河边走哪有不湿鞋？我也没查过你！"张莉不甘示弱地反驳。

"你单位那几只公蜂常常围着你嗡嗡叫，谁知道我的花被人采了没有！"曾志也针锋相对。

"采了！采了！早就被采了！他们都是顶级采花大盗。吃大亏了吧？满意了吧？懒得再跟你说话！"张莉气愤地挂断电话。

此后，两人都不愿先低头。张莉在旅途中郁郁寡欢，美景在眼前也失了颜色；曾志在家中如困兽般，借酒浇愁。

张莉旅游归来，两人依旧僵持着，那句"对不起"在嘴边打转，却始终未能说出口。

冬天再度来临，他们的冷战还在持续。

"你是张莉的丈夫吗？她最近老是精神恍惚，频频出错，早上做实验不小心打翻了高浓度硫酸，被烧伤了，现在医院抢救。"张莉的同事打来电话。

曾志心急如焚地赶到医院，看到缠着纱布昏睡在床上的张莉，心痛如绞。

"莉，我是曾志啊，你快醒醒。"他轻声呼唤。张莉却双眼紧闭。曾志又悔又痛："对不起，如果不是我惹你生气，你也不会这样。"他伸手握住张莉的手。

"啊！"张莉一声尖叫，曾志赶忙松开，原来是不小心抓痛了她烧伤的手。

"你已说了好多对不起，不准再说了。说点我喜欢听的。"张莉恢复了俏皮。

"莉，你快点好起来。等你伤好了，我们再去雪国，好吗？"

张莉笑了，那雪国的记忆涌上心头，那是他们爱情开始的地方。她知道，等伤好了，一定会和曾志再赴雪国。

◀情缘狮城

在狮城机场，一位曼妙女子款步走来，她便是导游莎莎，二十出头的年纪，恰似一朵含苞待放的鲜花。

我们这个单位旅游团中，叶子最为年轻，帅气且阳光。他一见到莎莎，眼神就亮了起来，仿佛梦中情人出现在眼前。坐飞机时还头晕奄拉着脑袋，此刻却像充满气的皮球，精神抖擞地跟在莎莎身后。他说这是护花，他愿做绿叶，莎莎是那娇艳的鲜花。

旅游车上，莎莎先为住宿安排的事道歉，国庆节与青奥会时间相近，游客众多，她接团接到头晕眼花，多日未得休息。

"你们很幸运，有狮城最美的导游陪伴哦。"莎莎调侃着。

"你真是大大的美女。"坐在后排的叶子立马回应，眼睛里满是倾慕。

莎莎的确美，白里透红的肌肤，瓜子脸精致如画，大眼睛明亮动人，恰似脉脉含情的秋水。如此佳人做导游，风里来雨里去，不免让人心中生怜，觉得应把她捧在手心，悉心呵护。

车停伊丽莎白公园，靠近赤道的狮城，火热气息扑面而来。白色哈巴狗趴在地上，粉红色舌头伸得老长，发出"哧哧"声响。

莎莎引领大家前往鱼尾狮公园。叶子紧紧相随，手中报纸为她扇风。

"这就是鱼尾狮，狮子头，金鱼身，立在粼粼水波中。狮头代表传说中的'狮城'。"莎莎介绍着，伸手触摸狮头。

"那鱼尾象征什么？"叶子边问边不停地拍照，莎莎也摆着姿势配合。

"象征古城'淡马锡'，狮城由小渔村发展而来。看，狮子嘴里喷出清泉，摸到者好运将至。"莎莎伸手向清泉，叶子也跟着伸手，另一只手扶在莎莎肩上，两人笑语盈盈，宛如异国情侣。

莎莎要去接福建团，安排大家在此自由活动。她走后，叶子不舍地目送，直至那婀娜身影没入人群。此时的叶子心中满是对莎莎的眷恋，他在想，这会不会就是他一直在等待的爱情呢？这种在旅途中突然降临的心动感觉，让他既兴奋又有些害怕。他害怕这只是旅途中的一时冲动，一旦回到现实生活，这份感情就会像泡沫一样消失。

两个团聚合时，发现少了我和符凌。等了许久不见我们归来，福建团不耐，莎莎便让司机先送团友，叶子自告奋勇与她一同寻找。

莎莎牵着叶子的手，从鱼尾狮公园寻到维多利亚剧院，不见人影。叶子大声呼喊我们的名字，引得路人纷纷侧目。

"别叫，影响行人。"莎莎用手捂住他的嘴。

他们又沿着狮城河畔寻找。河畔情侣相依，微风轻拂。叶子心中暗叹，若非寻人，真想与莎莎在此相依相偎。

"莎莎，你累了，歇歇吧。"叶子见莎莎脸色苍白，额头冒汗，忙扶她坐在河边长椅上。

莎莎将头靠在他肩上，连日带团奔波，体力早已透支，此刻疲惫不堪。叶子轻轻搂着她的腰，手指穿过她的秀发，嗅着那淡淡的清香，心醉神迷，忍不住低头轻吻她的发丝。

我们见到他们时，大雨倾盆。两人头顶叶子的上衣，在雨中狂奔，那狼狈模样却透着别样的甜蜜。莎莎脸上泛起红晕，羞涩之态甚是可爱，难怪叶子倾心于她。

晚饭过后，众人乘车前往花葩山。莎莎问："大家猜猜花葩山有多高？"

"有四千米吧？"叶子率先回应。

莎莎摇头，让大家继续猜，眼睛却含情脉脉地看着叶子。全车人沉默，唯有叶子不断猜测，莎莎不断否定，两人眼神交汇间的温情愈发浓厚。

到了花葩山，行至半山腰，莎莎突然"啊哟"一声停住。

"怎么啦？"叶子关切地问。

"扭伤脚了。"莎莎疼得皱起眉头。

"快坐下！"叶子扶她坐在石阶上，脱下她的鞋子，轻柔地为她揉脚。

我和符凌先登上山顶，此处可眺望狮城、马来西亚、印尼三国，远离尘嚣却又能俯瞰城市繁华。

太阳西沉，归鸟与晚霞齐飞。一对青年男女披着霞光，相互搀扶着走来，那是叶子和莎莎。

旅游车中，叶子问莎莎："狮城还保留着鞭刑吗？"他曾在网上看过鞭刑视频，三鞭下去皮开肉绽，犯人呻吟不止，那场景让他胆寒，至今心有余悸。

莎莎介绍："我国的鞭刑只针对男性罪犯，女性除外。侮辱妇女者也会被执行鞭刑。行刑者都受过特训，个个身材魁梧，肌肉发达，一鞭下去犯人皮肉皆开，疼痛难忍。"

叶子听着，心中涌起一股复杂的情绪。他开始思考自己和莎莎之间的关系，内心开始矛盾挣扎，一方面他对莎莎有着强烈的心动感觉，另一方面，他又觉得他们之间可能存在着巨大的文化差异。他不知道这种差异会不会在以后的相处中成为不可逾越的鸿沟。他害怕自己陷入一段无法理解对方的感情中，更害怕自己会受到伤害。

叶子默默地坐到车的最后一排，一路上不再言语。他的脑海里不断浮现出莎莎讲述鞭刑时的表情和自己看过的鞭刑视频画面，两种画面交替出现。

次日，叶子直接坐在车后排，莎莎问话，他也不再积极回应。没有了他们的互动，车厢里的气氛沉闷压抑。

这天午饭后，莎莎送我们到关口，我们将由此进入马来西亚开启新的旅程。

"跟莎莎拥抱一下吧。"大家提议。

"再见了，莎莎。"叶子只是挥了挥手，眼神中透着复杂的情绪，有恐惧，有不舍，还有一丝迷茫。这一段狮城情缘，如同狮城的景色，美丽而短暂，在他心中留下了难以磨灭的印记，也让他对爱情与文化差异有了新的思考。

◀ 电眼美人

·····················

马丽是我的大学同学，睡在我下铺。她有一双电力十足的眼睛，外号"电眼美人"。

她对自己的电眼十分自信，常扬扬得意说："我看上的男生，没有哪个能逃得过我的电力，不给我电死，也电得半身不遂。"

我们说："大好青春是用来学习，用来长知识的，不是用来电人的。"

她却说："大好青春不是用来学习，是用来谈情说爱的。"还叫我们趁青春靓丽多谈几个男朋友，备胎。将来人老珠黄，没人瞧得上了，再去找年轻时的恋人，怀怀旧，叙叙情。

逃课成了她的家常便饭。有一次，放学回到宿舍，我看见她的桌上摆着很多空啤酒瓶。她自酌自饮，泪水汪汪，梨花带雨。

我夺过她手中的酒杯，劝她不要再喝了。她抢回酒杯，说让我去死吧！

"马丽，告诉我到底是怎么回事？"我在她身边坐下，给她擦眼泪。

"我爱上班长郝湖，可他对我不理不睬。我的电眼失效了，我失恋了，我痛苦啊！"说完，她又放声大哭。

"天涯何处无芳草？以你的电力，再去电其他男生。不要理不识电眼美人魅力的郝湖。"我安慰她。

"小清，你没谈过恋爱，你不懂爱上一个人多么幸福，又多么痛苦。"马丽说着，从枕头底下摸出一封信，含泪要我把这封信转交给郝湖。

我看见马丽楚楚可怜，顿时心生怜意，答应把她的"鸡毛信"交给郝湖。

"鸡毛信"交给郝湖没多久，马丽请我吃冰激凌，喜滋滋地告诉我：她把郝湖电晕了！他们爱得如胶似漆，他连祖公姓什么都不知道了。

一个月后，郝湖找我。花样男孩郝湖，这时凋零如黄花堆积。

"小清，你帮我劝劝马丽，叫她回心转意，别跟我分手。"

我回到宿舍，见到马丽正在写信，情意绵绵。

"马丽，又给谁写谁？"

"不告诉你，反正不是写给女生。"马丽抬起头，眨眨电眼，给我放电，"看在你给我传过'鸡毛信'的份上，我告诉，我看上英文系的迈克啦！说不定又要你鸿雁传书呢。"

"我才不再给你传什么'鸡毛信''雁毛信'害人！你当初苦苦追求郝湖，到手了就'弃夫'。马丽，你太过分了！"

"感觉就像一阵风,来去自由,没感觉了就拜拜呗。"马丽撇撇嘴,轻描淡写地说,"都什么年代了,还在一棵朽木放弃整片树林。傻蛋!"

马丽这次不要我"鸿雁传书"了,亲自送"鸡毛信"给迈克。可迈克没有给她电晕,她伤心了一天半。

马丽又要电人了。这回她看上的是好姐妹的男朋友江涛。她送钱送物加送电力,江涛没有被她电死。马丽加大电力,投其所好,邀请他到丽江旅游。江涛给她电晕了。马丽得意地给我发短信:我的第 N 个"战利品"收入囊中!

"高富帅"杨洋瞄上马丽。多少美女想坐上他的宝马车,他连车胎都不给人家摸一下呢。

杨洋也是喜欢尝鲜的主,两人算是旗鼓相当,门当户对了。马丽一开始还装矜持,不肯坐他的宝马。"有宝马就了不起?稀罕!"后来,她又开始逃课,夜不归宿。

"让我去死吧!"马丽又回宿舍喝闷酒了。

"这回你又要电谁呢?杨洋还不够好吗?"我没好气地说。上次给她传"鸡毛信",毁了花样男孩郝湖,我到现在还后悔着呢。

"杨洋不要我啦!他说我只是他的试验品。"马丽哭得伤心欲绝,那双电眼暗淡无光,"可我这回是来真的!"

我后来得知,杨洋是郝湖的好哥们,勾引马丽是要让她也尝尝被人伤害的痛苦。

◀ 夏夜的月光

周青和李山是好朋友，同时喜欢上了陈丽华。周青幽默风趣，但有点滑舌。李山老实，但太沉闷。她夹在中间，左右为难。无论选择了谁，都会伤害到另一个人。

夏夜，酷热难耐，那股热气像是要把人吞噬。老式风扇呼呼地转着，可扇出的风却像是从热锅上吹来的，带着一股燥热。

李山约丽华出去散步，她欣然应允。他们来到郊外的田野边。月光如水，静静地洒在大地上，像是给世界蒙上了一层银色的纱幔。

李山细心地拿出一张报纸，铺在小河边的草地上，让丽华坐在上面，自己则脱下拖鞋垫着坐下。身后，河水潺潺流淌，那哗哗的水声仿佛有一种神奇的魔力，似乎带走了夏夜的酷热，让人心头涌起一丝清凉。

突然，有三个人朝着他们走来。丽华起初以为是同样来此纳凉的人，便微微低下头。"把钱拿出来！"一个恶狠狠的声音打破了宁静，匕首的寒光在月光下闪烁，令人胆寒。

"这个女的长得不错，先抓住她。"

"你们别乱来。"李山毫不犹豫地张开双臂，像一堵坚实的墙护住丽华，大声叫她快跑。丽华这才如梦初醒，拔腿就跑。

"抓住她，别让她跑了。"一个歹徒喊道。李山见状，猛地扑上去，死死抱住那个歹徒。另一个歹徒则朝着丽华追去。

丽华惊慌失措，没命地奔跑。前方有一片甘蔗地，甘蔗长得高过人头，像是一片天然的屏障。她顾不上许多，一头钻了进去。她躲在甘蔗林里，心怦怦直跳，大气都不敢出。过了许久，听到外面没了动静，她才蹑手蹑脚地走出甘蔗林，转进豆角地，终于看到一条小路，路上还有人在悠闲地散步。

"丽华，你回来了吗？"没过多久，她听到李山在楼下的呼喊。只见李山浑身湿漉漉的，脸上满是伤痕，血从伤口不断渗出。她急忙拿出止血贴给李山贴上。

"你们第一次出去散步就遇到抢劫，这也太巧了吧？真像电影里演的。恐怕是苦肉计吧？这方法也太老套了！"周青知道后对丽华说，话里带着一丝嘲讽。

"他不是这种人。"丽华忍不住为李山辩解。

"李山这孩子虽然没有周青那么帅气，也不如周青能说会道，但他憨厚老实，为了你连命都可以不要，这样的男人可不多见。别人的闲言碎语就别在意了。"妈妈的感情天平也倾向了李山，疏远周青。

于是，他们决定元旦结婚。

这天，丽华收到一封信。信上说，那晚有三个人抢劫他们。他是其中一个。是李山叫他们假装抢劫，目的是博取她的好感。但李山事后却不守信用，说好给的钱又赖账了。信里说李山是个表面老实，实则狡猾的骗子，骗财骗色。写信人声称看不惯李山的行为，所以要揭露真相。

丽华看完信后，气得浑身发抖。她怎么也没想到李山会是这样的人，如果这是真的，那他实在是太可恶了。她愤怒地把信丢给李山。

"这分明是陷害，我根本就不认识他们。相信我！"李山急切地解释道。

"歹徒有匕首，你受的却只是皮外伤。三个那么凶狠的人围着你打，你怎么可能逃脱得了？"丽华满心怀疑。

"我已经说过很多次了，我是和其中两个歹徒打斗。一个用匕首刺我，我奋力抢过来，不小心刺伤了他的眼睛，他捂住眼睛不敢再动手。还有一个被我推到河里，我们就在河里搏斗，他不会游泳，根本不是我的对手。事情就是这样。"李山一脸无奈地解释着。

"那你为什么不把他们抓起来？"丽华还是不肯相信。

"我刚刚不是说急着去找你吗？你宁愿相信他们的陷害，也不相信我的解释？算了，我不再解释了。我会证明给你看的！"李山说完，转身就走，他的背影透着一股深深的失望。

周青来到丽华身边，听她诉说心中的委屈，还陪着她喝闷酒。和周青在一起的时候，丽华觉得轻松愉快了许多。周青情不自禁地亲了丽华，她没有拒绝。

"李山被人打伤了，在人民医院。你去看看他吧。"妈妈致电丽华，显得焦急。

"恐怕又是苦肉计吧！"丽华冷冷地说道。

正在这时，她的手机响了。

"请问你是陈丽华吗？"

丽华回答说是。对方表明自己是公安局的，让她过去认一下人。

在一间屋子里，站着几个人，她一眼就认出其中一个就是那晚追她的歹徒。

警察告诉丽华，这是一个流窜作案团伙，他们在县城一带多次抢劫，一直逍遥法外。有一个事主一直在寻找他们。昨晚，那个独眼龙被事主认出来，他们三人就和事主打了起来。正好被巡警发现，逮住了这三人。

丽华紧张地问："那个事主现在怎么样了？他叫什么名字？"

对方回答："他叫李山，伤得很重，正在医院呢。"

丽华匆忙赶到医院，只见李山双眼紧闭，头上、手脚都缠着绷带。

丽华连着叫了几声"李山，李山"，可李山没有任何回应。她不由自主地扑到李山身上，泪水一下子涌了出来，说道："对不起，是我错怪你了。"

李山虚弱地笑了笑，说道："别哭，我不会死的。"一边说着，一边伸手去摸她的头发。

"原来你是装的！"丽华假装生气地说道。

"这回真是假装的。要不怎么能听到你的真心话呢？"李山调皮地向丽华眨眨眼。

又是一个月光如水的夜晚，他们来到那条小河边。丽华依偎在李山怀里，轻声问道："写信陷害你的人会是谁呢？"

李山沉思片刻，缓缓说道："肯定是不想看到你躺在我怀里的人。"

◀ 肚皮舞美人

　　上帝似乎格外偏爱达琳，将诸多美好都给予了她。她不仅有着天使般精致的面容，更有着独特的气质和魅力。她热爱艺术，在绘画方面有着独特的见解，这份艺术气息也为她的美增添了别样的韵味。她的魔鬼身材，是长期自律健身和对健康生活方式追求的结果。

　　周健是个在商业场上小有所成的男人，他被达琳的美貌和独特气质深深吸引，展开了热烈的追求，最终抱得美人归。

　　达琳原本不想早生孩子，生怕身材走样。可她老公使了个小计谋，达琳便意外怀孕了。

　　"你辞职在家，好好养胎，我养你。"老公得意扬扬。

　　生完孩子后的达琳，模样大变，胖得如同某国的相扑运动员。尤其是那腰身，比以前粗了好几倍，走起路来，全身的肉都在一抖一抖的，实在是惨不忍睹。

　　我对达琳说："你老公最喜欢小蛮腰了，你如今这肥猪样，可得小心他休了你！赶紧减肥吧！"

达琳却满不在乎地说："他也整天叫我减肥。可我已经习惯了吃饱就睡、睡饱就吃的猪一般的生活。减肥那么辛苦，我才不干呢！我可是他一对双胞胎儿子的娘，他休我，敢吗？"

没过多久，达琳哭哭啼啼地来找我。那时的她臃肿不堪，精神憔悴，全然不像一个二十多岁的年轻女子。"他在外面有女人了，瞧都不瞧我一眼，还说无法跟一头猪生活在一起。"我问道："那你打算怎么办？"达琳咬着牙说："我不会跟他离婚，是他害我胖成这个样子。"

周健坚决要离婚，达琳在这个过程中遭受了巨大的打击。他们在财产分割和孩子抚养权的问题上陷入了僵局。周健想要更多的财产，并且在孩子抚养权上也不肯让步，他觉得达琳现在的状态不适合抚养孩子。达琳为了孩子，开始努力改变自己。她每天早起跑步，夜晚还要进行力量训练，每一次肌肉的酸痛都是她向美丽蜕变的见证。

尽管达琳努力改变，但周健还是没有回心转意，他们最终还是离了婚，两个儿子一人一个。离婚后的达琳回到娘家，幸好有妈妈帮她带孩子。

达琳陷入了人生的低谷，觉得自己失去了一切。妈妈劝她就算不为自己，也要为儿子的将来着想。再这样沉沦下去，儿子的抚养权恐怕被周健夺走。妈妈的话像一把铁锤敲在达琳的头上。

半年后，我在文化广场偶然遇见了达琳。她正在跳肚皮舞，身形已不那么臃肿，精神状态也很好。达琳告诉我，她现在找到了一份工作，有空就来这里跳跳舞。

"达琳，好好跳，你会变回窈窕淑女的。"我鼓励道。

一天，我接到一个电话，对方一开口就喊道："你这巫婆，什么都给你说中了！"原来是达琳。"你马上过来美人苑！"美人苑坐落在街心公园对面。当我赶到时，一个长发飘飘的窈窕淑女正站在门口。定睛一看，居然是达琳！

"美人苑是我开的女子健身馆，有美容、护理、健身等项目，专门让女人变美。"达琳边说边把一张卡送给我，"巫婆，感谢你的鼓励！"

达琳凭借着跳肚皮舞和健身成功变回了窈窕淑女。在这个过程中，她还在街心公园开设了肚皮舞班。刚开始的时候，学员寥寥无几，但她凭借自己的热情和独特的教学方法，吸引了越来越多的女性。她的学员们看到她的改变，都备受鼓舞，达琳也在教学过程中不断成长。随着学员的增多，她的收入也颇为可观。

我去美人苑做护理，见到比婚前更有魅力的达琳。她亲自给我做护理，我们边做边聊。

"周健想和我复婚。"达琳说。我问："你同意吗？"

达琳没有直接回答我的问题，而是说："以前我因为依赖他人而失去了自我，如今的我要靠自己的努力，活出精彩的人生。我不再是那个为了他人而活的女人。在美人苑里，我见证着一个个女性的蜕变，在这个过程中，我也不断成长和进步。"

"达琳，你太棒了！"我真心夸她，"你说得对，女人应该做独立、自信、美丽的新时代女性。你用自己的经历告诉所有的女人，无论遭遇怎样的困境，都要勇敢地站起来，为自己而活，绽放属于自己的美丽。"

◄ 战火中的重逢

战场上，硝烟弥漫，枪炮声震耳欲聋。残破的旗帜在风中摇曳，被炸得坑坑洼洼的土地上，布满了弹坑和尸体。有的士兵还保持着战斗的姿势，却已经永远地闭上了眼睛；有的则痛苦地在地上翻滚，发出凄厉的惨叫。

"轰！"一发炮弹击中临时手术台，战地医生李洁被轰昏了。等她醒来，发现周围的人都死了，她也受了伤。她捡起地上一把手枪，咬着牙，踉跄着躲进了一个隐蔽的山洞。

山洞顶上有一个大破口，阳光射进洞里。李洁刚包扎好自己的伤口，一个人突然闪了进来。

"谁？"李洁心中一紧，迅速拿起枪，站起来，警惕地对准那人。与此同时，对方也举起了枪。

四目相对。"是你！"两人同时惊叫起来，互相叫出对方的名字。

李洁与周卫曾是青梅竹马的恋人，就在快结婚的时候，日军

我在紫薇树下等你

轰炸他们所在的小城，两家人逃荒。双方都在苦苦寻找对方，却一直杳无音信。谁能想到，竟会在这种生死攸关的场合重逢。

李洁的心跳加快，脑海中一片混乱，喜悦与悲伤交织在一起。她为再次见到周卫而无比激动，那些曾经的甜蜜回忆如电影般在脑海中回放。她渴望扑进他的怀里，感受他的温暖，忘却这残酷的战争。但是，她又很清楚现在的处境，他们代表着不同的立场，肩负着不同的使命。

周卫同样震惊得无法言语，过去的美好时光，那些欢笑与幸福，在他的脑海闪现。他多么想紧紧地抱住她，告诉她自己有多么想念她。然而，现实却如同一把利剑，刺痛着他的心。他的内心充满了痛苦和挣扎，不知道该如何抉择。

他们对峙良久，都从对方的眼睛都读到了克制、渴望。

李洁的伤口阵阵发痛，握不紧手中的枪，掉下来，她站不稳摔倒在地。

"洁！"周卫情不自禁走上去。

"你别过来！"李洁想捡起手枪，无奈手太无力，血又从伤口渗出来。

周卫也是一名军医，深知流血过多会危及生命。他顾不得那么多，把手枪扔在一旁，抓住李洁的手说："我帮你包扎！"

李洁想挣扎，却太无力。包扎好之后，他一把将她搂进怀中。李洁闻到久违的气息，那气息像有魔力，把她带回过去的美好时光。

"洁，这些年你去了哪里？你知道我有多想念你！你想我吗？"周卫说。李洁想说"想"，但却说不出口，只是点点头。周卫把她抱得更紧，李洁感受到他的战栗。

两人热泪盈眶。周卫吻她脸上的热泪，又想吻她的嘴唇，李洁用手挡住。

"卫，你投降吧！我会为你求情，争取宽大处理。"李洁轻声说。

周卫像从梦中醒来，放下李洁，转身去捡枪。

李洁忍着痛，颤抖着举起枪，对准周卫，眼神中满是复杂的情感。

"洁，你跟我走，我这边缺医生。我会为你求情，争取宽大处理。"周卫同样用枪对着李洁，脸上露出痛苦的神色。

两人就这样对峙着，不停地劝说对方，可谁也无法说服谁。他们深知自己所坚守的信念，那是对各自阵营的忠诚。周卫认为自己是为正义而战，而李洁则坚信自己所保卫的是祖国和人民的利益，绝不能放弃。

就在这时，"轰隆隆"一声巨响，一发炮弹呼啸着飞来，直接命中了山洞。山洞瞬间倒塌，巨大的石块和泥土倾泻而下，将两人压在了下面。

黑暗中，李洁和周卫陷入了绝望。他们不知道自己是否还能活着出去，也不知道未来会怎样。但他们心中依然有着一丝温暖，那就是彼此的陪伴。

"李洁，你在哪里？"周卫焦急地呼喊着。一阵细雨洒下，仿佛在为这片被战火摧残的土地哭泣。周卫在昏迷中渐渐苏醒，忍着身上的剧痛，继续呼唤着李洁的名字。

"周卫，我在这呢！"李洁微弱的声音传来。她的身子被沉重的石块埋在下面，动弹不得。周卫艰难地朝着声音的方向爬去，每爬一步都仿佛耗尽了全身的力气。他的手被石块划破，鲜血直流，但他不顾剧痛。终于，他爬到了李洁身边。周卫想推开压在她身上的大石，但是他太虚弱了，只能紧紧握住她的手。

"洁，我以为再也见不到你了。"周卫的声音沙哑，眼中满是深情。

"卫，我也在找你。"李洁的泪水夺眶而出。

在爬行的过程中，周卫又被一块尖锐的石头划伤了腿部，伤口很深，鲜血不断涌出。但他强忍着疼痛，没有让李洁察觉。

"挺住！会有人来救我们的。我们要活着出去！"他们互相鼓劲，在这黑暗的废墟中，彼此的存在成为唯一的希望。

他们用回忆唤醒对方。那时，两人手牵着手在海边漫步，许下永恒的誓言，要相伴一生，不离不弃。失散后，他们加入不同的阵营，以不同的方式共同抗击日寇。可还来不及享受抗战胜利的喜悦，一场内战将他们推向了对立面。

时间一分一秒地过去，他们不知道等待了多久，都昏睡了。李洁隐隐约约听到了救援人员的呼喊声，她想呼救，却虚弱得发不出声音。

救援人员小心翼翼地把李洁从废墟里挖了出来。醒过来的周卫想过去扶住李洁。

"不准动！"一个年轻的小战士用枪对着周卫的头，眼里的怒火熊熊燃烧。

"不准杀他！他现在是俘虏，是伤员！"李洁用所有的力气站起来，身子挡住周卫。小战士愣了一下，看着李洁坚定的眼神，缓缓放下了枪。

两人经过一段时间的治疗，身体渐渐康复。周卫紧握李洁的手，深情地说："洁，是你给我第二次生命。只要能与你在一起，我愿意付出一切，甚至生命。"

◀ 观音山月夜缘

在春暖花开的时节，观音山处处被盎然的生机与绚烂的美景所笼罩。富家小姐模样的东方莲，身着精致华丽的服饰，身后跟着机灵聪慧的小丫头，莲步轻移，踏入这片宁静的土地。每年这个时候，东方莲都会前来观音山烧香拜佛，为逝去的母亲虔诚祈福，而后在庵堂小住几日，享受那与世隔绝的宁静。

东方莲本是官宦人家的千金。她的父亲东方明，曾经贵为十八禁军教头，恰似《水浒传》中的林冲，武艺高强，威名远扬。她的母亲是当时颇有名气的女诗人，在母亲的悉心教导下，东方莲自幼便浸淫于诗词歌赋之中，尤其擅长咏月诗，其诗意境优美，超凡脱俗，故而得了"咏月公主"的雅号。

东方莲十岁那年，父亲被奸人陷害，全家除了她与父亲侥幸逃脱，都惨遭毒手。父女俩逃到人迹罕至的鬼愁山，谁料这里竟盘踞着一群土匪，烧杀抢掠，无恶不作。东方明凭借着高强的武艺和与生俱来的正直善良，渐渐在土匪中树立起威望，最终成为

第二辑 天地有情

这股土匪的首领。但他与其他土匪不同，带领众人劫富济贫，只对那些为富不仁者下手。

在这样的环境下成长起来的东方莲，既有着官宦小姐的才情与优雅，又沾染了土匪的豪爽与泼辣。她武艺高强，在方圆几百里内，无人不知鬼愁山有个美貌与武艺兼具的女土匪。

这天夜里，明月高悬，清冷的月光洒下一片银辉。"蒹葭苍苍，白露为霜。"一阵悠扬且富有磁性的吟诗声传入东方莲耳中。那声音仿佛带着魔力，勾起了她心底对往昔与父母吟诗弄月的美好回忆，她心中涌起一阵按捺不住的好奇。她轻轻推开窗户，只见一英俊书生对着明月，身姿挺拔如松，眼神深邃而专注，似在思索着宇宙乾坤。

"所谓伊人，在水一方。"东方莲情不自禁地脱口而出。书生一惊，未料到这宁静月夜竟有人和诗。他抬眼望去，月色下一位佳人亭亭玉立，如仙子下凡。他心中暗喜：好一个绝色佳人。东方莲见书生高大俊朗，举止彬彬有礼，也不禁心生好感。

次日，阳光明媚，微风轻拂。东方莲与书生在花园中不期而遇。书生说，他喜爱庵堂的静谧，特来此处读书，为明年的科举考试精心准备。两人相谈甚欢，从诗词歌赋谈到人生哲学。书生温文尔雅，知识渊博，出口成章；东方莲才情卓越，见解独到，妙语连珠。他们仿佛是彼此寻觅已久的灵魂知己，在诗词的海洋里尽情遨游，感情也在这一来一往的交流中悄然滋长。

书生向东方莲讲述自己家中的情况，言语间满是对家人的深情与对未来的憧憬。随后，他羞涩地问东方莲家住何方。东方莲心中一紧，她深知自己女土匪的身份如同一片乌云，随时可能遮蔽这段刚刚萌芽的美好感情。她害怕书生知晓后会嫌弃自己，害怕这如梦般美好的感情瞬间化为泡影。她支支吾吾，随便找了个借口搪塞过去。

日子一天天过去，东方莲与书生的感情愈发深厚。他们一同漫步在观音山的小径上，欣赏着如画的风景；一起坐在花园里，对着明月吟诗作画。然而，东方莲的内心却被忧虑填满。她清楚，自己的身份迟早会暴露，如同悬在头顶的达摩克利斯之剑，不知何时就会落下，斩断她与书生之间的情丝。

东方莲的父亲曾与另一股土匪势力结下仇怨。那股土匪势力的首领，是个心狠手辣、无恶不作之人。他听闻东方莲父女在观音山附近活动，便想趁此机会袭击他们，顺便抢夺庵堂中的财物。

毫无防备的观音山被这股土匪突然袭击。庵堂内顿时一片混乱，土匪们如蝗虫过境般大肆搜刮、破坏。东方莲与书生被困在庵堂之中，危险一触即发。

生死关头，她不能坐视不管，那股与生俱来的豪爽与正义促使她挺身而出。只见她身姿矫健，如敏捷的猎豹，手中宝剑出鞘，寒光凛冽。她剑法凌厉，每一招每一式都充满力量，土匪们虽人多势众，却被她的气势所震慑，一时之间竟难以招架。

书生被东方莲的勇敢和果断彻底震撼。他从未想过，眼前这个平日里温婉优雅、与自己谈诗论词的佳人，竟有着如此不凡的身手。战斗结束后，东方莲疲惫地坐在地上，她明白，自己的身份再也无法隐瞒。她望着书生，眼中满是不安，还有一丝对即将失去这段感情的担忧。

书生走到她身边，缓缓蹲下，轻轻握住她的手。他的眼神中，有惊讶，有敬佩，但更多的是理解与包容。他轻声说："我虽未曾想过你有如此身手，但我爱的是你的才情、你的善良、你的灵魂。你的身份不过是命运强加于你的标签，我不在乎。"

东方莲听了书生的话，泪水夺眶而出。这泪水里有感动，有释然，更多的是对书生深深的爱意。她哽咽着说："你可知我这些日子有多害怕失去你，我本是官宦人家的小姐，却因家族变故沦为土匪。我渴望正常的生活，渴望与你长相厮守。"书生将她紧紧拥入怀中，说："过往的一切都已过去，未来的日子，我会与你一起面对。"

时光匆匆流转，书生在科举考试中一举高中。东方莲和父亲也兑现了承诺，离开了鬼愁山，来到一个宁静的小镇。书生来到小镇，把父女接走。

◀ 有个姑娘叫阿芳

阿芳要结婚了。这消息是她父亲来我家时说的："村里正重新分田地,她不早不晚就这时从家里偷户口本去登记,你说气人不?早知她这么没良心当初就把她送人算了。"阿芳排行第三,当民办教师的父亲就因为超生她,转不了正,回家务农,还被罚款,一家人生活因此陷入困境。

阿芳喜欢读书,成绩也不错。她父亲说,女孩子迟早是人家的人,读那么多书有什么用?还不如早点做工帮补家庭。那时我正要找保姆带小孩,刚初中毕业的阿芳就这样来到我家。

16岁的阿芳个子不高,像十二三岁的小姑娘。虽谈不上漂亮,倒也五官端正。第一次来我家,穿着一条碎花上衣,肥大裤子,趿着人字拖鞋。大概没见过什么世面,人很拘谨,坐在沙发上,低头摆弄衣角,双脚不断地对搓。话也很少,问一句才答一句,脸上没有一点笑容。

母亲很担心瘦小的阿芳抱不动胖乎乎的小杰,但碍于亲戚情面，也不好意思推掉。

我给才六个月大的儿子断了奶，阿芳和他同睡一间房。她把小胖训练有素，什么时候喝奶，什么时候睡觉，很有规律。晚上她要不断给小孩调奶、喂奶，把屎把尿，一个晚上重重复复下来，也没有多少时间休息了。这样的工作量就是大人都吃不消，别说一个16岁大的小姑娘，但阿芳从来不叫苦叫累。

她很会想办法。晚上凉一些开水，要调奶粉的时候，就在热水里匀一些凉开水，饿坏了的小孩马上就可以喝到奶了。喝奶粉的小孩子尿特别多，起来把尿太麻烦，她就用一个装洗衣粉的小桶洗干净，消毒，晾干。小胖有尿的时候，她不用抱他起来把尿，把他的小鸡鸡压向小桶，直接尿。这个"发明"让她轻松了不少。

"小胖，过来。"我和阿芳同时喊，他把莲藕般的小手伸向阿芳，然后扑过去。"小胖真乖。"她"叭"地一声亲他的小脸，引得他咯咯笑。这小子才几天就不要亲娘了？我硬是把他抱走，小胖"哗"地哭起来。

大概城市的水土养人，才一年工夫，阿芳就呼啦啦地长高，变得又白又嫩又漂亮。原来像搓衣板似的前胸也鼓鼓胀胀，像春天的山突然朗润起来。

"你家的小芳水嫩嫩的，可掐得出水来。"男人见了直流口水。

"小芳！小芳！"有些愣头青在我家楼下叫。阿芳出来了，他们就跟着她唱："小区有个姑娘叫小芳，长得好看又善良，一双美丽的大眼睛……"

"英姑，今晚有同学聚会，我想出去一下。"阿芳对着镜子左看右瞧，拉拉衣角，扯扯裤子。她最近变得爱漂亮了。

我说："好啊，小胖交给我。玩得开心点，不要回得太迟。"

这一夜，阿芳很晚才回来。此后，就常常痴痴地站在窗口张望，更是频频带小胖外出散步。

有一个夜晚，小胖哭得很厉害，夜深人静，扰得人心浮躁，阿芳怎么哄，他就是不静下来。突然，她撩起衣服，把桃子似的乳子塞进他的小嘴。他叽吱叽吱用力吮着，一只小手还抓住她的另一个乳子。我看呆了。阿芳回头看见我，满面通红。

母亲说，有几次看见周兴带着阿芳和小胖去兜风呢，不知两人是不是相好了。周兴家在另一条街，有五层楼，离我家有几百米远。能在我们这个小区建楼，买房的，非富则贵。周兴虽是富二代，但人老实，本分，阿芳能找到这样的主儿，是她的造化。

我问阿芳跟周兴是不是真的？她笑而不语，两朵红云爬上她的脸。

小胖三岁了。阿芳又一次提出辞工，说想到深圳打工。

你去深圳了，不怕周兴找别的姑娘么？我极力挽留。

阿芳最终还是走了，在一家酒店当服务员。开始还打电话回来，问得最多的是小胖，听不听话？会认字么，会唱歌么？

"阿芳嫁给什么人？"我问她父亲。这两年内，她很少跟我联系，也没跟我提男朋友的事。我搬了家，也没见过周兴了。

"别提了，一说就来气！"

我带着小胖去参加她的婚礼。所谓婚礼，也不过是在李强破烂的家里摆两桌酒。阿芳的娘家没有一个人来祝贺。

　　阿芳见了我和小胖，抱着小胖哭起来。等客人都走了，我问她跟周兴是怎么回事。

　　原来，周兴家人嫌她是乡下妹，不同意他们来往。周兴跟家人闹翻了。阿芳不想他为难，提出分手，他不同意，也跟她到深圳。

　　"阿芳，读书的时候我就喜欢你！"在深圳，初中的同学李强苦苦追求她。李强的父亲和两个哥哥在一次车祸中死亡，现在只有一个寡母在乡下。

　　她心中放不下周兴，开始并不接受他，他就割腕自杀。

　　"爸在乡下苦了一辈子，过的是什么生活你是清楚的。你又嫁回乡下，到时孩子哭，猪狗又叫，你顾得哪个？"芳的父母不同意他们来往，把她关在家里，不准她再外出打工。阿芳趁他们不备，从家里跑出来，又去深圳了。

　　"他们都爱你，为什么不选择周兴？"这是我最想知道的。

　　"周兴条件好，随便都可以找到比我更好的姑娘。李强家境不好，人又矮小，很可怜，我不嫁他，他就很难找到媳妇了。"

　　"傻阿芳啊！"我抱着她不知说什么好了。

◀桃花树下的约定

　　爸爸年轻的时候，是村里出了名的俊朗后生。他身材高大挺拔，脸庞犹如刀刻般坚毅，一双深邃的眼睛里透着热情，笑起来时嘴角带着一抹不羁的笑意。

　　妈妈，是邻村来走亲戚的姑娘。她站在村边那片桃花林里，桃花盛开得如云似霞，花瓣纷纷扬扬地飘落，她就像从画里走出来的仙子。爸爸从桃花林边路过，不经意间的一眼，便被妈妈的美貌和温婉的气质吸引住了，目光就像被磁石吸住，再也移不开。

　　爸爸鼓起勇气走上前去。他挠挠头，眼睛亮晶晶的，用他一贯的幽默口吻说："姑娘，你是不是桃花仙子下凡呀？站在这儿，这桃花都没你好看呢。"妈妈抬起头，看到爸爸那副紧张又故作镇定的模样，忍不住"扑哧"一声笑了出来。

　　从那以后，爸爸每天都会找各种各样新奇的借口去邻村。有时候是说自家的老母鸡下了个双黄蛋，要给妈妈家送来沾沾喜气；有时候是带着自己做的小竹篓，说是路上捡到的，觉得挺精致，想送给妈妈装针线。慢慢地，两人的心越靠越近。

爸爸带着妈妈来到那片桃花林。他的声音带着一丝颤抖，却又坚定地说："我想和你在桃花下过一辈子，你就像那星星掉进了我的心窝里，赶都赶不走了。"妈妈的脸羞得通红，就像山坡上盛开的桃花，眼中满是羞涩与幸福。

爸爸去提亲。妈妈的家人嫌弃爸爸家穷，觉得爸爸虽然模样俊俏、能说会道，但不能给妈妈富足的生活。外公是个固执人，坚决不同意这门亲事，还把妈妈关在家里，不让她再和爸爸见面。

爸爸得知这个消息后，内心陷入了深深的挣扎。他一方面对妈妈的爱是那么浓烈，无法割舍；另一方面，家庭的压力就像一块沉甸甸的大石头压在他的心头。但爸爸岂是轻易放弃的人，咬咬牙，更加努力地干活。每天天不亮就扛着锄头去田里，他的双手磨出了厚厚的茧子，汗水湿透了他的衣衫。可他心里一直在想："我一定要让婉清家看到我的决心，我能给她幸福。"

妈妈被关在家里，满是对爸爸的思念和对家庭压力的无奈。她对着窗户，看着外面的天空，眼泪止不住地流。她想反抗，可又不忍心违背父母的意愿，内心就像被撕裂成了两半。她在夜里常常抱着爸爸送她的小物件默默哭泣，那是爸爸亲手做的一个小木雕，刻的是她的模样。

妈妈的坚持终于打动了家人。婚后的日子虽然清苦，但他们却无比甜蜜。爸爸会在农忙后，牵着妈妈的手去河边散步。他会捡起一块扁平的石头，在水面上打出一串串漂亮的水漂，还会笑着对妈妈说："看，这就像我们的生活，虽然起起落落，但一直向前。"妈妈会在寒冷的冬天，为爸爸织厚厚的毛衣。她还会在毛衣上绣上一些小花，那些小花就像他们爱情的点缀。他们育有几个孩子，每一个都是他们爱情的结晶。

生活总会有风雨。在一次洪水中，爸爸为了抢救家中的财物，被洪水冲走。幸运的是，他被救了回来，但却落下了病根。他的身体变得很虚弱，常常躺在床上咳嗽不止。他看着妈妈为了照顾自己忙前忙后，心中满是愧疚。他觉得自己拖累了妈妈，有时候会忍不住发脾气，说一些气话。

妈妈日夜守在爸爸的床边，悉心照料。她没有丝毫的嫌弃，只有担忧和爱意。她耐心地哄爸爸吃药，给他讲村里发生的趣事。可是，妈妈的内心也承受着巨大的压力。她不仅要照顾爸爸，还要操持家里的一切，孩子们的生活、田里的农活都压在她瘦弱的肩上。

有一天，村里来了一个外地的剧团。这个剧团带来了许多新奇的表演。剧团里有个老艺人，听说爸爸和妈妈的故事后，被他们的爱情所感动。他给爸爸带来了一些特殊的草药，说对爸爸的病有帮助，还鼓励他要乐观积极。

爸爸的身体越来越差。大家都以为爸爸会在病榻上走完他的一生，而妈妈会守着对爸爸的思念度过余生。

在一个清晨，当第一缕阳光洒进屋子的时候，爸爸突然睁开了眼睛，眼神中充满了一种奇异的光芒。他坐起身来，对妈妈说："婉清，我做了一个很长的梦，梦到我们年轻的时候，在桃花林里相遇，在山坡上许愿。我感觉自己好像重新活过来了。"

说来也怪，此后，爸爸的身体竟然奇迹般地开始好转。他又能下地走路，脸上重新有了笑容。大家都觉得这是一个奇迹，是爸爸和妈妈的爱情感动了上天。全家人都欢喜不已。

过了一段时间，爸爸突然对妈妈说："婉清，我想出去走走，去看看外面的世界。"妈妈虽然有些担心，但还是同意了。爸爸收拾了简单的行囊，离开了村子。

几个月后，爸爸寄回了一封信和一些钱，信上说，他在外面的世界看到了很多新东西，想要去寻找一种新的生活方式。他很感谢妈妈这么多年的陪伴，但他不想在余生中一直被病痛和村子束缚。

这个消息如同一颗重磅炸弹在村子里炸开了，大家都不敢相信爸爸会做出这样的选择，以为他中了什么邪。那一年，作为老大的我才十岁，最小的妹妹才三岁。

妈妈默默地收起了信，眼中有泪，但她什么也没说。她一个人拉扯几个年幼的孩子，没有一句埋怨爸爸的话。她依旧每天坐在院子里，看着爸爸特意种下的那棵桃树，回忆着他们的爱情往事。

妈妈有时喃喃道：你在外面玩够了就回来，我等你。

我参加工作后，爸爸还没回来。我猜妈妈早就知道他也许永远不会回来了，只是她心中的爱情，一直如桃花盛开时那般美好。

第三辑

尘世百味

◀ 忍
······

张军和秦玉结下仇怨的原因说起来很可笑。

那晚，学校全体员工去吃饭，然后直落去 k 房唱歌。秦玉点的歌被删掉了，她当场就骂娘，十足泼妇骂街。然后愤然离开，一路上还骂不停口。第二天早上，看见张军在打卡机前打上班卡，她恶狠狠地用手猛拍打卡机，说："昨晚你为什么删我的歌？我虽然傻，但不准你看不起我！"

张军一头雾水，忙解释："玉姐，我没有删你的歌啊，当时那么多人不一定就是我删啊！"

"不是你还有谁？仗着你是研究生，欺负我没文化，是不是？"

她越骂越离谱，不管张军怎么解释，她就是一口咬定是他故意删的。就像《狼和小羊》，狼总是能找到要吃掉小羊的理由。

秀才遇到兵，有理说不清，来打上班卡的人越来越多，张军也不想再解释了。

大凡自卑的人总是病态地自尊。秦玉就是这种人。她小学还没毕业，在农村干了几年后，凭着几分姿色，又一心跳出农门，嫁给了一个公办教师。老公后来调到县教育局，还当了个小股长。秦玉妻凭夫贵，在一间小学当了民师，弄张假毕业证书，转了正。后来她嫌小学低级，吵嚷着调到全县最高"学府"师范学校，最终如愿以偿。

因为她老公在教育局工作，连校长都给她几分面子，其他老师更是不敢得罪这个"官太太"。偏偏张军不会做人，从来不讨好她。敢删掉她点的歌的人，不是他还有谁？

"我从小到大都没受过委屈，他居然敢欺负我！"秦玉愤愤不平，见到哪个同事都要说一番。经过张军的办公室，她一定要把办公室的铁门撞得山响。这还不解恨，有一次她瞅见张军不在，猛踢他的办公桌，掀翻他的书，又倒一大杯水泼在他的书上。张军来上班看到办公室狼藉一片，马上想到是谁干的好事。全校除了秦玉，谁会恨他？谁会做出这种阴险的事？更令他心寒的是，同室的同事无人阻拦她，也无人出面替他说话。他默默地用抹布抹干桌上和书上的水渍，又把掉在地板上的书本捡起来摆到办公桌上。

秦玉负责文印工作，张军把考试的资料放到文印室让她印，她不印："领导不签名不印！"张军拿给主管领导签好名，再拿给她印，她黑着脸说："别拿领导压我！不印！"张军没有资料发给学生，学生吵嚷到校长那里，校长把张军找来，他只好说出原委。校长马上打电话叫秦玉回来印资料。秦玉回到学校，不是去印资料，而是跑到张军的办公室，用脚猛踢铁门，边踢边骂："向校长告我的黑状，你不得好死！你会遭雷劈的！我就是不印你的资料，你这个乡下仔，脱下裤子看看番薯屎拉净没有！"

很多人都围过来看热闹，里面有张军的学生。张军无地自容，不跟她争辩。

这事不知怎么传到张军当交警的女友耳里。交警女友可不是省油的灯，哪忍得下男友受人这般侮辱？她当即要去找秦玉算账。

"算了，冤家宜解不宜结。把事情闹大了对谁都不好。"张军拦住她。

"你真够窝囊的！你想跟她和解？你让了她这么多年，她不但不收敛，反而变本加厉。马善任人骑，人善任人欺。你就是太忍让，她才敢在你头上拉屎拉尿！不行，我一定要找她算账，为你出一口气！"

"我的事不用你管！"张军急了。

"你有种对我吼，怎么在秦玉面前像条癞皮狗？就因为她老公是教育局一个小小的股长，你就怕成这样？我瞧不起你这种窝囊的男人！再见！"

张军狠狠抽自己的脸，点燃一支烟猛抽几口，烟雾中又出现母亲死前的一幕。他父亲知书识理，温厚善良，还是一村之长。可母亲目不识丁，又蛮横不讲理。母亲很恨隔壁的李大脚，说她有一次叫他，李大脚不应。李大脚耳有点背。但不管李大脚怎么解释，母亲就是一口咬定他故意不理她，"我堂堂一个村长的老婆叫你，你居然给我脸色看？"她私下对人说，我恨不得杀光他全家，烧了他房子！

李大脚的母鸡跑来她家觅食，她故意丢下一包老鼠药，把那母鸡给毒死了。李大脚跟她论理，两人吵起来。她本来有高血压，这一吵，血气攻心，血管爆裂，送到医院不治身亡。父亲后来染上重疾，临死前对张军说："吃亏是福，得饶人处且饶人。别学你母亲！"

张军在秦玉的身上看到母亲的影子，而且听说她也有高血压。

在跟秦玉的关系上，他继续窝囊着，连同事都瞧不起他了。每次秦玉找他的茬，他都淡然一笑，不争辩什么。

秦玉的老公退休了，她觉得同事似乎不像以前那样巴结她，"势利鬼！"她恨恨地骂。有一天，秦玉骑摩托车上街，交警说她违规，要扣车并罚款。秦玉哪受得了这股气？"不准你欺负我！"她跟交警吵起来，撒泼睡在公路上，声称交警不向她道歉，她就不起来。为了疏通道路，交警一把把她拎到公路边。她一巴掌向交警扬去，交警用力一挡，她摔倒在地，后脑着地，当场昏死过去。

秦玉一直没醒过来，躺在床上吃喝拉撒，生不如死。

据说，那交警是张军的前女友。

知道秦玉成了植物人，张军不悲也不喜。

◀梅花坞

梅花坞，是一个隐匿在青山绿水间的村庄。村子四周的山峦连绵起伏，山上松杉林立。山脚下，有大片的梅花林。梅花坞小学就在梅花林旁边。

李山成为梅花坞小学的代课老师，起初不过是不想拂了程校长的好意。李山曾在梅花坞小学度过童年时光，程校长正是他当年的老师。李山从山里一路走到山外，读完了高中，因没钱读大学，便跟着他人去了珠三角打工。

那一年春节李山回乡，程校长便找到了他。老校长满脸愁容地说："我快要退休了，可现在没有人愿意到这间学校教书。城里来支教的老师也无心扎根穷山村。要是没人来这里教书，这些孩子就得失学。唉！你来这里顶一下课，等上面派老师来了再走，好不好呢？"

李山不敢直视陈校长热切的目光。那一晚，他在床上辗转反侧。在外面打工，他一个月能赚三四千块钱，而当代课教师却只有几百多元，经济上的损失显而易见。当年，程校长有很多机会调到城里，可三十多年来，他一直坚守在梅花坞。若不是他，自己恐怕现在还是个睁眼瞎呢！经过一夜的思想斗争，李山决定留下来，但一有老师来，他马上离开。

程校长退休后，全校就只剩李山一个老师。学校一共有三十多个学生，分三个年级。他不得不采取复式教学。常常是这边给一年级的学生上语文，那边布置数学作业给二年级的学生做，三年级的学生上美术课，自己画画。李山一人包揽了所有教学、教育工作，忙得不可开交。有时，连饭都没时间做，只能吃一点好心家长送来的饭菜。

原来说好只顶一个学期的课，可这里太偏僻太辛苦，始终没有人愿意来。李山一干就是一年多，还是没有等来顶他的人。

"兔子尾巴短短点。你们要好好学习，免得将来受欺负。你们看兔字和免字就差一个点。"李山讲课风趣幽默，学生们都很喜欢上他的课。在镇、县的测试中，他的学生成绩不俗，多次受到上级的表扬。

渐渐地，李山爱上了这里的孩子，舍不得走了，再也不提调人的事。他自学教育学、心理学，参加中文专科自学考试。他渴望着，将来有一天能转为正式老师，工资能提高一些，减轻家里的负担。可他也知道，这个希望十分渺茫。

李山在这里当了五年的代课老师，工资还是"外甥打灯笼——照旧（舅）"。工资一直没有提就算了，有时候还拿不到手。幸好家里人支持他、补贴他。要不，李山就要喝西北风了。

有一天，教办领导找到李山，说有人告他账目不清，要辞退他。学校根本没有一分钱收入，学生的作业本有时候还是他贴钱买的，怎么会有账目不清？李山不想争辩什么，默默收拾行李就走。全校学生都来为他送行，哭着不让他走。

顶他的老师来了，叫李平。不久，上面发文，符合条件的代课老师，通过考试可以转为公办教师。只当过三个月代课老师的李平，在第一批代转公教师名单中就有她的名字。有人告诉李山，李平是教办主任的侄女，高中还没有毕业呢！

李平在梅花坞小学工作，总是迟到早退，对学生也没有耐心，课堂上经常是一片混乱。学生们的小脸上再也没有了往日的笑容，他们变得沉默寡言，成绩也一落千丈。

得知这一情况后，程校长十分痛心。他不顾自己已经退休，四处奔走为李山鸣冤。他找到了一些曾经见证李山为学校无私奉献的家长，让他们写证明材料，还找到了一些了解李山教学工作的镇里的教育前辈为李山说话。

有一天，几个学生偷偷聚在一起。其中一个说："李老师才是真正对我们好的老师，不能让他就这么被冤枉走了。"其他孩子纷纷点头。于是，他们在家长的帮助下，开始瞒着李平，利用课余时间，给镇上、县里的教育部门写信。孩子们稚嫩的笔迹写满了对李山的思念和对他被冤枉的不平："李山老师总是自己掏钱给我们买作业本，他一个人上那么多课从来都不喊累，他教我们知识，还教我们做人的道理，他是最好的老师，请让他回来……"

这些引起了教育部门一些有良知的工作人员的重视，他们开始重新调查这件事。

　　真相终于大白了。原来是这样的，教办主任看到代课老师有机会转为公办教师的文件，想让自己的侄女趁机转正。可她根本没教过书，不符合条件。为掩人耳目，他把目光投向偏远的学校，想到一个一箭双雕的坏点子。他故意让李山虚报一些根本不存在的教育经费支出，想套取国家资金。看到李山坚决不从，他就诬陷李山。

　　教办主任被撤职，李平因为能力和态度问题被辞退。

　　得知自己可以回梅花坞小学继续任教，并且可以报考代转公时，李山激动得热泪盈眶。重回学校那天，梅花坞的梅花都开了，像是云霞落在树上，花香四溢，弥漫着整个学校。

◀适园情
....

在城市的一角，有一家叫适园的饭庄。这里常常能看到文和武的身影，他们是从同一个村子走出来的伙伴，一同考上大学，又一同分配到这个城市工作，是村子里的骄傲。

这天，适园里弥漫着淡淡的烟火气。文和武相对而坐，面前摆着几碟小菜和两瓶老酒。文满脸喜色，轻抿一口酒，说道："武，我最近被提拔为副科级干部了。"武微微一愣，随即举起杯子，连连说道："祝贺祝贺！"嘴里虽然这么说着，可心里却像打翻了五味瓶。想当年，读书的时候他成绩一直比文好，读的大学也比他好。然而，文进的单位却比他好得多，如今又得到了提拔，而自己却还是个小小科员。

文似乎没察觉到武的异样，接着兴奋地说："我最近交了个女朋友，是学心理学的研究生。女方的父母是大学教授呢。他们很喜欢我，还给了我们二十万元，作为买房子结婚的费用。"武听着，心中的酸意更浓了。想想自己，一米八的大高个，一表人才，却至今还找不到女朋友。而文个子矮小，相貌普通，却能找到教授的女儿，还得到一笔不菲的结婚费用。命运太不公平了！他强忍着心中的不满，说道："你这家伙真是交了桃花运，祖宗风水好啊！"说完，又给自己倒了一杯酒，硬喝下去。

文还在兴奋地说着，完全没注意到武的脸色已经变得很不好了。这一晚，武喝得酩酊大醉。此后，文每次叫他出来喝酒，武都找借口拒绝，说话也总是酸不拉叽的。文觉得很奇怪，便把这事跟女朋友说了。

女朋友听后，微微一笑，思索片刻说道："他自认为条件比你好，可你处处比他顺利，他心里不服。如果你现在跟他一样倒霉了，他心里就好受，就会重新跟你好。"文不相信。女朋友说："试试便知。"

于是，文发短信给武，说买房子的钱被人偷了。女朋友因此和他吵架。他心里很痛苦，叫武出来喝喝酒。武一开始还有些犹豫，但想到文也有倒霉的时候，心里竟有一丝快意，便答应了下来。

他们还是在适园见面。文一脸愁容，叹着气说："我一个农村出身的本科生，找了一个研究生，对方还是城里妹子，我真的感到很自卑，很有压力。不知道怎么办好。被偷的钱，十有八九破不了案，追不回钱了。没钱买房子，婚也结不成了。唉，我怎么这么倒霉！"说完，他给武也倒了一杯酒，又给自己倒了一杯。

这一晚，武的心情很好。他听着文的抱怨，心中的怨气渐渐消散。最后，他还争着去结了账。

　　之后，文和武又开始像以前一样在适园相聚。酒过三巡，文看着武，眼神中带着一丝复杂的情绪，有疑惑，有感慨，他不知道武如今的关心是真心还是仅仅因为自己的落魄而感到平衡。武呢，依旧像从前一样谈笑风生，可他的内心深处是否真的放下了曾经的嫉妒，谁也不知道。他们之间的友谊，就像适园里那袅袅的烟火气，看似平静地弥漫着，却又让人捉摸不透未来的走向。是会在这种表面的和谐下继续维持，还是有一天会因为某个契机再次失衡，谁也无法预测。

◀ 姐妹花

　　这天早上，安妮一进办公室，便瞧见林玉双眼红肿如桃，瘦瘦的双肩拼命抽搐着，擦泪水的纸巾堆成了一座白白的"小山"。

　　安妮问林玉是怎么回事。"没事！"林玉把头扭向一旁，声音却带着哽咽。

　　办公室一共四个人，两男两女。用周子伟的话说，刚好可以拼成一桌，打打扑克，玩玩麻将，还能凑成两对搞搞办公室恋情，玩玩心跳。可林玉和安妮这对"姐妹花"却"吃里爬外"，肥水流了别人的田。

　　安妮五官普通，但皮肤白皙，身材丰满，加上懂打扮、会保养，千娇百媚，倒是赚了不少男人的眼球。她的男朋友就是在公司搞的一次联欢会上"赚"回来的。而林玉呢，脸蛋虽长得漂亮，但身似竹竿，胸似搓衣板，走路仿佛一阵风就能吹倒，活脱脱一个"林黛玉"翻版。大家干脆叫她"林黛玉"，林玉也不恼，毕竟她最近交了个高大威猛又帅气的男朋友，这让她开心不已。

"是不是跟他吵架了？"安妮拉一把椅子坐在林玉身边。

林玉"哗"的一声伏在她肩上哭起来。"他，他……"林玉一连说了几个"他"，欲言又止。

"咱们是好姐妹，有什么说出来舒服些。"安妮搂着她的肩膀轻声说道。

"他嫌我……他找别的女人……"林玉泣不成声。

"两位美女早！"周子伟像一阵风似的进来了。林玉赶紧停止哭泣，装着没事似的。

中午，安妮与林玉从公司出来，拐进一条巷子就到了"美味园"。这里的饭菜是套餐，大中小三种价格。点小份的吃不饱，点中份的又有剩余，点大份的两个人吃正好。于是，安妮和林玉在这里合伙开了张卡，每次就点大份的，两个人一起吃，既吃得满意，又不浪费。公司不少人也学着她们合伙开卡吃饭，吃着吃着，有些人就吃成了情侣，安妮还嚷嚷着要给媒人费。

"喝点木瓜汤，美容。"安妮说。见林玉脸色发黄，她特意要了这种汤。

"你身材这么好，男朋友肯定喜欢你，我要是像你这样就好了。"林玉盯着安妮圆鼓鼓的胸部说道。

"你这么漂亮，他更爱你。"安妮说。

"漂亮有什么用？他还不是跟别人好上了？我问他为什么？他说我没情调，咸鱼不会翻身。"林玉说着又哭了起来。

"晚上，我带你去个地方享受！"安妮安慰道。

安妮说的地方叫"真女人"，她在这里开了卡。

林玉按护理师阿凤的吩咐，脱得只剩下一条三角裤，穿上专用美容裙子，躺在美容床上。看到自己扁平的胸部裸露在一个女孩面前，林玉忸怩起来，双手不自觉地挡在胸部。

　　"别不好意思啦，我每天不知摸过多少女人的胸，比我吃盐还多呢。"阿凤说完，用一条毛巾盖在她眼部，拿开她的手，把精油涂在她的胸部，来回按摩。一会儿，阿凤推来一台仪器，把两个半球状的透明玻璃杯罩住她的胸部，打开电源开关。在电波的作用下，两只"兔子"在罩杯中起伏，越吸越大，越吸越高。林玉偷偷拿开毛巾，低头一看，"兔子"快碰到嘴巴了。她感到全身发麻发痒，舒服极了！阿凤说，经常做这个护理，可以提升、保养胸部。林玉想，怪不得安妮胸部那么好看，原来是做这个！

　　接着，阿凤用一个像熨斗似的仪器，一边在她身上来回按摩，一边解说是哪个穴位，有什么治疗功能。当它移到她的敏感部位时，林玉兴奋极了。

　　"舒服吗？"安妮眨眨眼。

　　"从来没这么舒服过！怎么不早点介绍给我？"林玉责备道。

　　"早跟你说过了，你不相信。现在知道是好东西了吧？喜欢的话就开卡做吧。"安妮说。

　　"要多少钱？"林玉问。

　　"单独做一次要一百多元，开卡的话就合算多了。有盘底肌、脸部美容、推背按摩、胸部护理等项目，一万元的套餐最合算。"

　　"我没有这么多钱。"一说到钱，林玉如花的笑容马上黯淡下来。她家在农村，每个月还要寄钱回家。

"咱们合伙开一张卡。"安妮建议。

"好主意！"林玉马上表示赞成。

安妮一个星期才去护理一次，林玉隔天就去，每次回来都大叫享受极了。看到那张被林玉严重消费的卡，安妮有点心疼。她安慰自己说，自己的经济比林玉好，就让她点，不计较。

林玉的身材日渐好起来。周子伟说，见到林玉骨头都酥软了，受不了啦。这让安妮不安起来。

更让安妮不安的事情发生了。男朋友居然与林玉好了。"为什么这样？"安妮几乎不敢相信自己的眼睛。

"你也想享受一下嘛。"林玉妩媚一笑，那笑容却如一把利刃刺痛了安妮的心。

"我把你当姐妹，你把我当冤大头！卑鄙！无耻！"安妮怒斥。以后，她再也不与林玉拼什么了。

这事在公司传开了，大家在背后骂林玉。

"安妮对林玉这么好，她还抢人家男朋友，真是太不要脸了！"

林玉无脸再待在公司里，只好辞职走人。

◀ 逆袭之约

县长的千金周丽，名如其人，很漂亮。肌肤如雪，仿佛能映出光来；身材高挑，走起路来如模特般优雅；五官精致得如同雕刻大师的杰作。她是全校男生的梦中情人，更是全校师生公认的校花。

每当夜晚，宿舍的灯光熄灭后，男生们的话题常常围绕着周丽展开。尽管她是众多男生心中的女神，但大多数人只是在心底默默暗恋，不敢有丝毫行动。

"有什么不敢的，我就去追！"李强突然说道。宿舍里顿时哄笑一片。

"瞧你这猴样，要钱没钱，要人没人，你凭什么去追她？"男生们纷纷嘲笑。李强家在农村，读高三了，个子却还是一米五高，而周丽比他高出一个头。

李强怀着"我不下地狱，谁下地狱"的壮烈情怀，写了一封长长的情书，在全班同学的注视下，毅然交给了周丽。

周丽满脸不屑，把情书掷到他脸上，轻蔑地说："也不瞧瞧自己有几斤几两！"李强默默地捡起情书，只说了一句"你会后悔的"，便转身离去。

这一年高考，原本成绩平平的李强爆了冷门，考出了全县第一的好成绩，被北京的一个名牌大学录取。而周丽，凭借着自身的聪慧与努力，也考上了一所不错的重点大学。

多年后，在一次高规格的洽谈会上，周丽与李强意外重逢。周丽身着一袭得体的职业装，优雅地穿梭在人群中，举手投足间散发着成熟女性的魅力。李强则一身笔挺的西装，眼神中透露出自信与沉稳。当他们四目交会的那一刻，周丽微微一愣，眼中闪过一丝惊讶，而李强的脸上则露出了一抹意味深长的微笑。

"周丽同学，没想到我们在这里见面。幸会！"李强热情地伸出手。此时的周丽已是外贸局的小领导，而李强则是一家公司的董事长。

"李董，请多多支持家乡的建设。"周丽的语气中带着一丝讨好。

李强看着周丽，嘴角微微上扬："你还是那么迷人！"他附在周丽的耳边轻声说，"像当年那样把我迷得神魂颠倒！"

她看着李强，心中感慨，他的个子还是像当年那样一点都不长进，但这个似乎已经不再重要了。

李强送给周丽一颗南非钻石，她矜持一下就坦然接受了。

周丽迅速向老公提出离婚，老公开始坚决不同意，可不知为什么，后来又同意了。

李强召集全班同学在豪华酒店聚会，宣称有重要的事情宣布。同学们满怀期待，纷纷猜测着。

"我即将告别单身生活，跟我心爱的女人走进婚姻殿堂。"李强的话语让全班同学的目光瞬间投向周丽。周丽也含情脉脉地望着站在主席台上的李强。她身着亮丽的衣服，满脸春风地走上台去。

与周丽同时上来的，还有一个女子。她长相普通，甚至有些土气。周丽满脸惊愕，还没等她反应过来，李强却一把搂住那个女子，深情地对大家说："这是我的未婚妻李菁。"

李强缓缓讲述着他们的故事。从他开始创业，李菁就一直跟着他。她喜欢他，但他身边的美女太多，她没有勇气表白，只能把爱埋在心里，化为对他的有力支持。直到前段时间，他才知道这个秘密。

"在我贫穷的时候，她就跟着我。她把最美的年华给了我的公司，给了我，一直没有结婚。这个世界上再也找不到像她这样对我如此痴情的女子。所以，我要和她在一起！"李强的话语充满深情，把一个大钻戒戴在李菁手上。

周丽站在一旁，无地自容。当年那个被自己轻视的少年，如今已成长为一个有担当、有责任感的男人。而她，却因为自己的虚荣和浅薄，错过了真正的幸福。

同学们猛然想起，当年李强捡起情书时说过的那句话："周丽，你等着，我会让你瞧瞧我有几斤几两！"如今，他用实力让大家看到他兑现当年的诺言，证明了自己的价值。

◀ 福酒飘香

··

吕福伫立在福酒厂门口，深吸一口气，然后转身，准备告别这个他奋斗多年的地方，眼神中流露出些许不舍。

这些年，他在这家酒厂工作，收益颇丰。他踏实肯干，又聪慧好学，很快便掌握了精湛的酿酒技术。然而，天有不测风云，父亲突然病重，急需他回家照料。他别无选择，只能向厂长提出辞职。

周厂长对吕福的技术十分赏识，极力挽留，希望他再考虑一下。吕福面露无奈，摇摇头说："父亲的病不能等，我必须回去。"周厂长见他去意已决，也不好再勉强，只能长叹一声。

回到老家，吕福看到病床上的父亲，心中满是愧疚。母亲早逝，他是独子，父亲含辛茹苦地将他拉扯大。大学毕业后，他一直在福酒厂工作，无暇照顾父亲。现在，他要弥补这份遗憾。

吕福暂时放下其他想法，全心全意陪伴在父亲身旁。

日子一天天过去，父亲的病情逐渐稳定，吕福也开始思考未来的生活。村里种植水稻，还盛产桑葚。由于地处偏远，交通不便，许多桑葚无法运出，只能眼睁睁地看着它们腐烂。这让吕福心疼不已。

既然运不出去，为何不酿成酒呢？我在酒厂学过酿酒技术啊！一个念头在吕福脑海中闪过。

这天清晨，吕福早早起床，来到桑葚园。他精心挑选那些熟透、饱满的桑葚，小心翼翼地放入篮子中。回到家，他先把桑葚放在清水中仔细清洗，每一颗桑葚在他手中都如同珍宝般被呵护着。洗净的桑葚均匀地铺在竹筛上，在阳光下慢慢沥干水分。接着，他开始准备酿酒的器具。一口大缸被他擦拭得干干净净，不留一丝灰尘。他按照比例称好白糖，又将提前准备好的酒曲碾碎备用。

一切准备就绪，吕福把沥干的桑葚放入大缸中，用木棒轻轻捣碎。紫红色的汁液渐渐渗出，染满缸底，空气中弥漫着桑葚的香甜气息。他均匀地撒入白糖和酒曲，然后用干净的纱布将缸口封住。

此后的每一天，吕福都会仔细观察酒缸的变化，温度、湿度，每一个细节都不曾放过。他期待着美酒的酿成。一天，他品尝自制的桑葚酒，感觉味道不错。成功了！吕福满心欢喜。

村民们纷纷要求吕福将自家的桑葚酿成酒。他想，自己只是小打小闹，要收购村民的桑葚酿酒，需要厂房、资金等。这些他都欠缺。吕福抽着父亲的水烟筒，眉头紧锁，思考着酒厂的未来，一不小心，打火机烧到了他的手。

乡村振兴驻镇干部王书记得知了吕福的事情，主动找上门来，表示支持他。"我会帮你争取一些资金，我们一起把这个酒厂办起来！"王书记说。吕福的心里顿时亮堂起来。

在王书记和村委会的支持下，吕福在村里办起了一个小型酿酒厂，村民纷纷入股。他日夜钻研技术，改进工艺，第一批桑葚酒终于酿成了。当他品尝到那醇厚香甜的酒液时，激动得热泪盈眶。

吕福并不满足于此，他想扩大再生产，让更多的人品尝到他的桑葚酒。与此同时，他接受王书记的建议，发挥村里稻谷种植的优势，再开发一个米酒品牌。

然而，王书记提供的资金只是杯水车薪，加上设备不足，这可怎么办？吕福陷入了深深的苦恼之中。经过一番深思熟虑，他决定去找周厂长。因为"邹记福"系列美酒投放市场，反应不错，吕福很是欣赏。

再次见到周厂长，吕福的心情十分复杂。周厂长微笑着看着他，说："怎么，在老家待不住了？想回来工作，我随时欢迎，还会给你高薪。"吕福深吸一口气，说："周厂长，我来不是为了自己，我是想请您帮帮忙。我在村里办了个桑葚酒厂，想扩大生产，同时开发米酒。我遇到了困难。您能不能提供资金和技术支持？合作也行。"

周厂长皱了皱眉头，说："吕福，不是我不帮你，这件事风险太大了。"吕福急切地说："周厂长，如果我们成功了，不仅能让我村里的乡亲们走上致富的道路，对您的酒厂也是一个新的发展机会啊！而且，我们用粮食做米酒，还能带动当地的粮食产业。这是一件功德无量的事情啊！"

周厂长没有立刻答应，说要好好考虑一下，让吕福先回去等消息。

当吕福第三次去找周厂长时，他终于点头同意合作。

村里的酒厂办得越来越红火，许多在外地打工的村民也回到厂里工作，收入增加了，生活也越来越好。在家门口就可以就业，村里的留守儿童少了，家庭和睦很多，造福一方，村民们亲切地称酒厂为"福酒"。

吕福精心酿造的桑葚酒在市场上大放异彩。那独特的果香与醇厚的酒香完美融合，口感酸甜适中，一经推出便受到了消费者的热烈追捧。订单如雪片般飞来，酒厂的工人们日夜忙碌，却依然供不应求。

吕福站在办公楼前，闻着浓郁的酒香，望着远处的青山绿水，看着酒厂繁荣的景象，心中充满了自豪和感激。他知道，自己不仅实现了个人的梦想，还带领着乡亲们走上了致富的道路。

◀万力之心

一座青山脚下，散落着数座客家围屋。屋前一面湖，湖水清澈。

万力坐在自家围屋抽闷烟，几只鸡在院子里"咯咯"叫，大黄狗"汪汪"叫。

他更加心烦。老婆得了重病，需要大笔的医疗费；儿子大学读艺术，学费也是一笔不小的开销。为了筹集资金，万力借遍了所有的亲戚，但还是不够。

万力耳边又响起万财的话，只要他点头，这些烦心的事统统解决。可是，我能那样做吗？万力问自己，又掐一点烟丝放在"烟眼"上，低下头，嘴对着烟筒口，猛抽几口，抬起头，张大嘴巴，烟雾从他的嘴巴、鼻腔飘逸出来。他显得很享受，压力似乎轻了一些。

万财提着一瓶酒又来到万力的家。万财也是万村人，在城里一家房地产开发公司做事。

原来，开发商看中了万村这块宝地，准备开发成高档湖景小区，村民要搬出围屋，一户人家补偿80万元。从来没见这么多钱的村民高兴极了，盖了手指模。只有万力不同意。

　　"拿了这笔钱，你老婆就有钱治病，儿子的学费也解决了。这真是天上掉下的好事！"万财说。

　　"什么屁好事！我们去哪住？"万力说。

　　万财一愣，从来没有哪个村民提出这个问题。

　　"到时送你一套房子。"万财看了看周围，附在他耳边，小声说，"别的村民都没有送房子，你要知足！别再当'钉子户'了！否则，你会后悔的！"

　　万财软硬兼施，万力就是不同意。这个项目处于采集意见阶段，只要有一户人家不同意，这个项目就不能进行。村民围在万力的家门口，骂他死脑筋，害他们发不了财。口水快把他的家淹没了。

　　"力哥，快签名！"万财趁机又拿出合同。老婆见万力还是不肯，就想自己盖手指模。他一把抢过合同，撕掉。众人问他为什么？

　　万力说，从明朝开始，万姓人就生活在这片土地上。开发商建商品楼，要我们的房子，还要砍掉我们的绿树，破坏环境。这是断子绝孙的事，不能答应。

　　除了儿子，没人懂万力的心。可老婆还是不理解他的坚持，和他闹别扭。自家兄弟也纷纷劝说万力接受开发商的条件，毕竟80万不是小数目，可以解决他们当前的困境。万力却像"张飞吃

第三辑　尘世百味

秤砣——铁了心",无论大家怎么劝说,他都不为所动。

天天有人劝他、骂他。老婆要跟他断绝关系。万力默默地承受着,他深知自己的坚持损害大家的利益,但他更不愿意看到万村被毁掉。

一场暴风雨来了。连续多日的暴雨导致城市排水系统瘫痪,洪水泛滥成灾。许多地方都变成了汪洋大海,人们惊恐万分,四处逃难。

在洪水的肆虐中,离城市不远的万村却成为一片绿洲。那些茂密的乔木和灌木,像一道道坚固的屏障,有效地阻挡了洪水的侵袭。村民们纷纷逃到山上,看着山下汹涌的洪水,心中充满了庆幸和感激。

万力站在山顶上,看着眼前的景象,心中五味杂陈。他知道,正是他坚持守护这片绿色家园,在关键时刻保护了他们的生命安全。

开发商的态度也来了一个180度的转变,决定放弃原来的计划,转而与万力合作,共同守护这片绿色家园。他们以万绿湖为核心,对周围进行了改造和提升,将其打造成了一个集休闲、科普和环保于一体的绿色湿地公园。村民在山上、环湖,种更多的茶树、板栗树等。

碧树、青草、鲜花环湖生长,蝴蝶、蜜蜂绕湖飞。这里,像是森林公园,空气清新,生机勃勃,宛如人间仙境。人们给万村一个好听的名字,叫万绿村,那面湖叫万绿湖。有些人来了想在这里多待几天,万力就用自家的房屋改成民宿。其他村民也仿效，有的还起客栈。玩、吃、住一条龙，游客很开心。他们回去时，顺便购买东源板栗、仙湖茶、春绿茶、客家黄酒等当地的特产当礼物。万绿村成了生态旅游村，也带动当地特产的销量。尤其是板栗，声名远播，供不应求。家家户户都发了财。

万财提着自家泡的酒来到万力的家，叔侄二人喝过小酒。

"省'百千万工程'典型县镇村名单发布了，咱东源县、万绿村都榜上有名。当年，多亏力叔不签名，要不村子就没了。我敬您一杯！"万财竖起大拇指。又说起自己当年糊涂，那场暴雨使他开始懂万力的心，站在他这边，说服开发商。

"还要感谢李兴书记！你啥时上广州，带点我种的仙湖茶给他。"万力说。

李兴是上面派来帮扶万绿镇的干部，对万绿村的建设、环保，他出了不少力，包括把村里的特产推销到外面等。

◀错爱之局

     巫业对施密达一见钟情。那是在源河酒店的门口，她作为迎宾小姐优雅而立，瞬间便立成了巫业心中一道绝美的风景。她身材高挑，肌肤白净细腻，宛如羊脂美玉般散发着柔和光泽。那明星般的鹅蛋脸上，一双大眼睛恰似秋水般纯净澄澈，仿佛能映照出世间所有的美好。一袭旗袍，恰到好处地勾勒出她那迷人的曲线之美。

     巫业没想到自己年过六旬，竟还会萌生出少男般的情怀。

     "您好！欢迎光临！"施蜜达那甜蜜的问候，犹如天籁，叫得巫业心里如同灌了蜜一般。他成了源河酒店的常客，并向她发起攻势。在金钱的强大魔力下，施蜜达那甜美的笑容很快便只属于巫业一人了。巫业在一个风景如画的地方购置了一幢别墅，将她如宠物般精心养了起来。

     施水英这个名字实在太土气了，以后就叫施蜜达！于是，十八岁的乡下妹子施水英从此拥有了一个极为时尚的名字：施蜜

我在紫薇树下等你

达。她辞去了工作，唯一的任务便是伺候好巫业，而她又有保姆精心伺候着，过着锦衣玉食的奢华生活。

没过多久，她便厌倦了这种生活。整天缠着巫业，要他陪伴自己，还时常跑到公司去找他。深居简出的妻子也知道了巫业的"好事"，要他在两人之间做出选择。

巫业当然想享齐人之美，不知如何才能做到。

朋友张志给巫业出了个点子，让他送施蜜达去一个特别的地方。

施蜜达不再缠着巫业，还变得颇有内涵起来。这让巫业甚是高兴，心中暗忖这方法真是灵验。

有一次，巫业去接施蜜达。他坐在车上，远远地看见她款款走来。他刚要打开车门迎接她，另一辆比他的车子更加豪华气派的车先打开了车门，一个气宇轩昂的中年男子优雅地拥着她进了车，绝尘而去。

巫业狠狠骂这家叫"圆梦"的商学院，也骂张志出的馊主意。

张志当年就是在"圆梦"认识他的妻子。"圆梦"虽然规模不大，可巨商名媛们却争着来此读书。来这里读书的巨商可以结识美貌与智慧兼备的佳人。佳人又可以钓到金龟婿，各得其所，实现"双赢"。施蜜达就是在"圆梦"认识了商业巨子英伟。跟英俊儒雅的英伟相比，又老又丑又没文化的巫业简直就如同土鳖一般，令人作呕。

施蜜达对英伟一见倾心后，她拼命学习文化知识，努力提升自己的修养，再加上天生丽质，也颇得英伟的好感。两人一拍即合。

巫业望着那辆载着施蜜达远去的豪车，心中满是愤怒与悔恨。他感觉自己就像一个被愚弄的小丑，曾经以为用金钱就可以买断一个女孩的爱情，可最终还是竹篮打水一场空。他那原本因爱情而焕发的一点生气又消失殆尽，只剩下一个垂垂老矣、满心疲惫的躯壳。

回到家中，妻子对他冷若冰霜，曾经的家庭虽然平淡但尚有一丝温暖，如今却因他的出轨变得如同冰窖。巫业开始反思自己的一生，他在商场上拼搏了大半辈子，积累了无数的财富，可到了晚年，却在感情上一败涂地。他以为可以用钱掌控一切，却忘了人心是最难以捉摸的东西。

施蜜达和英伟则在新的爱情里如鱼得水。施蜜达庆幸自己终于摆脱了巫业那令人窒息的金丝笼，在英伟身边，她感受到了真正的尊重和爱情，她开始跟着英伟出席各种高级社交场合，成为众人羡慕的对象。

巫业不甘心自己的失败，找到张志，让他想办法让施蜜达回到自己的身边。

张志说："她和英伟都是单身，又很般配，你就不要再想她了。其实，你妻子还是很爱你的，往后就跟她好好过日子吧！"

"过你个头！"巫业把张志骂得狗血淋头，亲自去找施蜜达，想让她回到自己的身边。

施蜜达一脸冷漠："你给我的不过是物质，而我现在找到了真正的爱情和未来。"

巫业气得浑身发抖："你太绝情了。"

施蜜达轻哼一声："这都是你自找的，当初若不是你用钱困住我，我也不会变成现在这样。"

巫业被愤怒和嫉妒冲昏了头脑，他竟派人去杀死施蜜达。当施蜜达倒在血泊中的那一刻，巫业才如梦初醒，他知道自己犯下了不可饶恕的罪行。很快，巫业被警方逮捕，面临法律的严惩。

◀ 合租之缘

    清晨的阳光轻柔地洒在小区大门前，李丽正静静地等车，微风轻轻拂过她的发梢。在外企工作的她身姿婀娜，面容精致，气质优雅如同春日盛开的百合。

    一辆白色的小车从小区缓缓驶出，又掉转车头开回来，稳稳地停在她身旁。车窗摇下，一个帅气的小伙子探出脑袋，微笑问道："要不要坐车？"

    李丽有些迟疑，不知该不该坐他的车。帅哥似乎看出了她的顾虑，连忙说道："我也住在这个小区，你在哪上班？我顺便搭你去。"李丽轻声道："在南京路。"杰眼睛一亮："上车吧，我也在南京路。"李丽忙说："我会给你油钱。"他连连摆手："不要。"李丽态度坚决地说："你如果不要，我就不坐你的车。"

    此后，李丽上下班就拼这个叫杰的帅哥的车，一天 30 元，这可比打的便宜得多了。

    有一天，李丽说："跟我一起租房子的靓女搬走了，我一个人住一套房子太浪费了，准备找个人来拼房。"杰一听，兴奋地说："太巧了，跟我一起租房的杰也刚搬走。要不我们合租吧！"李丽快人快语："行，不过咱们要先写清楚条约。"

于是，他们正式开始了拼车、拼房的生活。他们一起打扫房间，将公共区域整理得井井有条。客厅里摆放着简约的沙发和茶几，墙上挂着几幅艺术画。李丽把自己的房间布置得温馨、舒适而有品位。杰的房间则相对简洁。

他们会一起商量着购买生活用品，分摊费用。有时候，李丽会精心挑选一些漂亮的餐具，杰则会负责购买一些日常的清洁用品，保持家里的整洁。

李丽喜欢买菜回来自己下厨，她在厨房忙碌的身影如同一个优雅的舞者。她精心烹饪出一道道美味佳肴，而他却懒得动手，总是买快餐。有一次，李丽请他吃了一顿自己做的饭菜。他吃得津津有味，赞叹不已，并提出拼伙食。李丽又爽快地答应了。他们会一起商量着每天的菜谱，李丽负责烹饪，杰则负责洗碗和打扫厨房。他们的合作越来越默契，生活也变得更加有滋有味。

他们有时一起看电影，看到搞笑的情节时，两人同时哈哈大笑。李丽笑的时候，眼睛弯成了月牙。笑声在房间里回荡，似乎把整个房间都填满了欢乐。

一个宁静的夜晚，李丽突然觉得浑身发冷，脑袋昏沉。她本以为只是小感冒，便早早地上床休息了。然而，半夜时分，她的体温却越来越高，意识也开始模糊。她艰难地起身，想要找些退烧药，却发现自己根本没有力气。无奈之下，她只好拨打杰的手机号码。

　　杰推开门，看到李丽虚弱的样子，顿时紧张起来。他连忙用手摸了摸李丽的额头，滚烫的温度让他心惊。"你发烧了！赶紧去医院！"他二话不说，背起李丽就走，碰巧电梯坏了。他背着她从 20 层往下走步梯。一路上，路灯昏黄的光洒在他们身上，周围安静得只听见他急促的脚步声。

　　他开自己的车送她去医院。到了医院，他忙前忙后地挂号、找医生、缴费。医生诊断李丽是急性肺炎，需要住院治疗。

　　李丽没有亲人在这座城市，杰守在病床边，一刻也不敢离开。他看着李丽苍白的脸庞，心中满是担忧。他不停地用湿毛巾为李丽擦拭额头，希望能让她舒服一些。一整夜，他都没有合眼，一直关注着李丽的病情。

　　他知道自己对李丽的感情在不知不觉中发生了变化，这种感情在这样的时刻变得更加浓烈。他看着李丽，想起她在厨房忙碌的身影，想起她笑起来的样子，那些平常的画面此刻在他心中反复播放。见她病没好，又毫不犹豫地请假继续守候她。

　　出院后，杰送李丽回到合租屋。看到杰疲惫的样子，李丽又非常感动。"谢谢！"她真诚地说道。他的眼神中藏着一丝复杂的情感，含情脉脉地说："你用什么谢我啊？"李丽笑了笑："放心，我会大大地奖赏你。"

　　"奖我当你的男朋友？"杰装作开玩笑地试探。

　　"我有男朋友了。时间不早啦，早点休息吧！"说完，她轻轻关上房门。

杰站在门外，百感交集。放手吗？可自己对她的感情已经像野草一样在心底蔓延生长。

第二天，李丽买了很多菜，做了顿丰盛的大餐。都是他喜欢吃的菜。他边吃边大赞李丽的手艺好，感慨地说："如果我能够娶到你，是我前生修来的福。"李丽微微一笑，她的眼神中闪过一丝不易察觉的复杂情绪，说道："我男朋友也是这样夸我。他在国外留学，明年回来我们就结婚。"他的眼神瞬间黯淡了一下，内心像被针刺了一下，痛意蔓延开来，但他还是强装镇定。

又有一天，杰拿着一部崭新的手机递给李丽："这部手机是我充话费移动公司送的，是你最想要的手机。你那部手机该换了，我送给你。"李丽接过手机，说："谢谢！"杰无奈地笑了笑："谢什么啊，咱们是合作伙伴啊！"

没多久，李丽的男友回国了，她搬出去与他住。她告诉男友，她和杰的故事。偶尔，李丽和男友还会邀请杰一起吃饭，就像真正的亲人一样。杰也真心地为李丽的幸福感到高兴。他开始寻找属于自己的爱情，而那段合租的时光，成为他们心中一段美好而温暖的回忆。

后记

一场与文学的爱恋

——我与小小说的情缘

身为汉语言文学专业的学子，我对小小说的认知最初源于文学史。

追溯小小说的发展轨迹，先秦寓言中那闪亮的智慧之光，魏晋奇闻里灵动的思绪闪现，明清笔记小说细腻入微的刻画，都似悄然播下了小小说的种子，只是那时还没有"小小说"这一确切称谓。在现代文学的浪潮翻涌中，小小说虽历经波折起伏，却如坚韧的小草，在文学的沃土中顽强生长。20世纪，小小说在报刊的推动下逐渐兴盛起来，一波又一波的创作热潮由此掀起，成为慰藉与启迪人们心灵的源泉。

在当代小小说的发展历程里，杨晓敏无疑是一位领军人物。他积极倡导小小说这一文体，挖掘并培育了众多小小说作家，精心组织各类活动，倾力搭建交流平台，为小小说的繁荣注入了强劲动力，使其在当代文学的星空中绽放出独特的光彩。《百花园》《小小说选刊》《小小说月刊》《微型小说选刊》等刊物，为小小说作者搭建起广阔的发表平台，推动小小说在当代文学领域持续发展，成为小小说蓬勃发展的有力支撑。

闪小说也有着悠远的历史，其英文名为"flash fiction"，源头可追溯至伊索寓言。契诃夫、欧·亨利、卡夫卡等伟大作家也曾有类似风格的作品。1992 年，詹姆斯·托马斯等编辑的《闪小说》选集引发轰动，规定作品字数不超过 750 个词。2007 年，中国作家马长山、程思良等人明确提出汉语"闪小说"的概念并大力倡导，将其篇幅限定在 600 字以内。此后，闪小说在中国迅速蓬勃发展。

闪小说以区区数百字便能讲述一个完整的故事，题材涵盖情感、悬疑、科幻等诸多方面。它短小精悍，情节紧凑，契合了快节奏生活中人们碎片化的阅读需求，故而备受读者喜爱。众多作家和文学爱好者积极投身于闪小说的创作，《当代闪小说》等专刊应运而生，海内外数十家出版社推出 200 多部华语闪小说集，数百家报刊开设专栏或刊载闪小说作品。2016 年，中国寓言文学研究会闪小说专业委员会成立，引领全国闪小说的发展，创作队伍日益壮大，名家辈出。众多知名网站开设闪小说版块或专栏，专门的闪小说网站吸引了无数爱好者，纸质媒体的发表阵地也不断拓展。同时，受中国闪小说的影响，海外华文文坛也兴起了创作热潮，四大洲的华文作家纷纷投身于闪小说的创作、评论与推介之中。

　　小小说与闪小说本质上均为小说的特殊表现形式。在有限的篇幅里，作者需以简洁的笔触勾勒出大千世界的万千气象，传达丰富的内涵。凭借简洁的语言与精妙的构思，为读者带来独特的阅读体验。在这快节奏的现代社会中，二者皆适应了人们碎片化阅读的需求，成为忙碌生活中的文学佳肴，让人们在短暂的阅读时光里依然能感受到文学的力量，触及深刻的主题与真挚的情感，反映社会现实与复杂多样的人性。

　　小小说与闪小说存在着诸多区别：

　　从篇幅而论，小小说一般字数在 1500 字以内，最长不超过 2000 字，这样的篇幅能够较为从容地铺展情节、细致地塑造人物形象；而闪小说通常在 600 字以内，可谓短小精悍之极。从这个意义上说，闪小说隶属于小小说范畴，但唯有 600 字以内的小小说才可被称为闪小说。

　　在情节构建方面，小小说重视情节的完整性，如同精心编织的锦缎。它会通过层层铺垫来推进情节发展，多线索交织使故事跌宕起伏，充满悬念与转折。从开篇设下悬念到情节扣人心弦的发展，再到出人意料的结尾，整个情节构建得较为复杂。这种复杂的情节构建使得小小说能够容纳更多的情节元素，展现更为丰富的故事内容。例如，一些小小说会在不同的情节线索中穿插描写不同人物的生活经历和内心世界，通过这些线索的交织和碰撞来揭示社会现象或者人性的复杂。而闪小说更注重情节的紧凑性，像压缩的弹簧。受篇幅所限，它往往直入主题，情节迅速展开并快速冲向高潮，以强烈的情节冲突或意外结局瞬间抓住读者。闪小说的情节像是经过精心提炼的精华，舍去了一切冗余的部分，只保留最能体现故事核心的情节脉络，以一种高度凝练的方式讲述故事。

人物塑造上，小小说采用多种描写手法，对外貌、心理、动作等多方面进行刻画，以展现人物性格的复杂与多面性，力求全面深入地塑造人物形象。通过细致入微的描写，小小说能够让人物形象更加立体饱满，读者仿佛能够深入到人物的内心世界，感受到他们的喜怒哀乐。闪小说则是几笔勾勒人物，抓取人物最具代表性的特征或行为，简洁快速地呈现人物，强调人物的典型性。这种简洁的人物塑造方式，虽然不会像小小说那样全方位地展现人物，但却能够以一种简洁而有力的方式让人物跃然纸上，使读者在短时间内对人物有一个鲜明的印象。

主题表达上，小小说较为含蓄，将深刻思想内涵融入故事发展和人物命运之中，需要读者深入解读才能体会。这种含蓄的表达方式增加了小小说的韵味和深度，使读者在阅读后能够反复回味，不断挖掘出新的意义。闪小说相对直接，在有限的文字里迅速点明主旨，让读者能很快把握作品的核心思想。这是因为闪小说的篇幅短小，没有太多的篇幅留给读者去揣摩主题，所以需要直接表达主题以确保读者能够迅速理解作品的意义。

在节奏方面，小小说相对舒缓，恰似潺潺溪流缓缓流淌，慢慢润泽读者的心田；闪小说则如疾风骤雨，以极快的速度瞬间攫住读者的心，使读者在短时间内感受到强烈的冲击。

小小说以情节的曲折完整、人物的细致刻画和主题的含蓄表达为特点，闪小说则以情节紧凑、人物简洁勾勒和主题直接点明为特色。这两种艺术手法各有千秋，为读者带来各异的阅读体验，推动着文学不断向前发展，都在文学的世界里绽放着独特的光彩。

大学时光里，我无疑是个十足的文学青年。那时的我，不仅广泛涉猎中外文学名著，还学以致用，投身于各种文体的创作实践，诗歌、散文、小说等，我都大胆尝试。其中就包括小小说，亦名微型小说。怀着对文学的满腔热情，我将所学的小小说理论知识巧妙融入创作之中，一篇篇小小说如春笋般在草稿纸上破土而出。我自觉这些小小说尚显青涩稚嫩，故而不敢轻易示人。唯有那些自认为写得较为出色的，我才会一笔一画、工工整整地抄录在信纸上。日积月累，手写稿堆积如山，我将它们装订成册。那一行行文字承载着我的青春梦想与文学憧憬。

大学毕业后步入工作岗位，忙碌的工作与生活使我无暇顾及文学创作。2007 年，闪小说在天涯社区横空出世。它比小小说更为短小精悍，几百字的篇幅却有着惊人的表现力，仿若磁石一般深深吸引着我，我再次投身于小说的创作浪潮。自此，我左右开弓，左手创作闪小说，右手创作小小说。有些小说，我更是精心打造出小小说、闪小说两种版本，让它们在不同的篇幅中绽放各自独特的魅力。我将它们统称为精短小说。

那段时光里，我对精短小说极度狂热。每日灵感如庐山瀑布般奔涌而下，脑海中不断浮现出一个个动人的故事。校园的青春活力、爱情的甜蜜与苦涩、社会的世态炎凉、动物的精灵可爱……各种题材我都尽情涉猎。我每日笔耕不辍，有时一天能创作好几篇。我积极参与小小说征文活动，幸运地荣获不少奖项，作品也陆续在《小说月报》等刊物、报纸上发表。《都是因为爱》《忍》等部分已发表的小小说入选中国小小说（微型小说）年度选本、精选本。尤其是《最美的康乃馨》发表于《金山》之后，被众多报刊转载，还入选中小学语文试卷成为现代文阅读题。这个阶段的小小说创作，让我感觉愉悦与满足。正因如此，我有幸成为郑州小小说事业发展部签约作家。

为提高自己的创作水平，我还购置了有关小小说创作的理论著作，如刘海涛教授的《微型小说的理论与技巧》《规律与技法》等。

我与闪小说更是情谊深厚。2007年我开始创作闪小说，是中国闪小说最早的实践者之一，作品入选中国出版史上第一本闪小说集《卧底：闪小说精选300篇》等。我还担任《当代闪小说》《闪小说》《吴地文化·闪小说》等闪小说杂志的编辑。此外，我还参与闪小说的评论工作，成为中国寓言文学研究会闪小说专业委员会理事兼特约评论员。

2013年，我的第一部小小说集《城市上空的云》（二人集）出版，这是一座里程碑，见证着我与小小说的不解之缘，给予我莫大的鼓舞。

2021年，我的闪小说集《带你去看海》出版。中国闪小说发起人之一程思良老师、在小小说领域有着重要地位的研究者、理论建设者和教育推广者刘海涛教授分别为这本书撰写序言。

《我在紫微树下等你》是我多年创作的小小说集大成者。在此，衷心感谢韩夏明老师在百忙之中为本书撰写序言。